AF146310

Jay und Zain

Herz in der Schusslinie

Alisa Kevano

© 2025
likeletters Verlag
Inh. Martina Meister
Legesweg 10
63762 Großostheim
www.likeletters.de
info@likeletters.de

Autorin: Alisa Kevano
Bildquelle: Midjourney

ISBN: 9783689490201

Teilweise kam für dieses Buch künstliche Intelligenz zum
Einsatz.

Inhaltsverzeichnis

Eine folgenreiche Nacht

Der Bass der Musik vibrierte durch Zains Körper, während er routiniert Eiswürfel in den Cocktailshaker gleiten ließ. Ein schneller Blick auf die Uhr über der Bar – kurz nach elf. Der Laden war gut gefüllt für einen Freitagabend, die Luft schwer vom Geruch nach Alkohol und verschiedenen Parfüms.

«Einen Caipi und zwei Gin Tonic», rief Sara vom anderen Ende der Bar herüber. Ihre kurzen blauen Haare leuchteten im gedämpften Licht. Zain nickte ihr zu und begann, die Getränke vorzubereiten.

Seine Bewegungen waren präzise, fast schon automatisch nach drei Jahren hinter dieser Bar. Das Phoenix war sein zweites Zuhause geworden, aber bald würde sich das ändern.

Der Gedanke an sein eigenes Restaurant ließ sein Herz schneller schlagen.

Gestern hatte er endlich den Mietvertrag für den Laden in der Bergmannstraße unterschrieben. Die alte Pizzeria würde in vier Monaten seinen Traum beherbergen – vorausgesetzt, er bekam die Finanzierung auf die Reihe. Morgen würde er die letzten Unterlagen für die Bank fertigstellen.

«Hey Süßer, noch nen Kurzen!»

Die raue Stimme riss ihn aus seinen Gedanken. Der bullige Typ am Ende der Bar hob sein leeres Glas. Zain kannte den Typen nicht, aber er hatte ihn schon den ganzen Abend im Auge behalten. Zu laut, zu aufdringlich, zu betrunken.

«Tut mir leid, ich glaube, Sie hatten genug für heute.» Zain hielt seine Stimme ruhig und professionell, während er die Gin Tonics fertigstellte.

«Ach komm schon, nur noch einen!» Der Mann lehnte sich über die Bar, sein Atem nach Whiskey stinkend. «Du kannst doch nem Gast nicht das Trinken verweigern.»

«Kann ich, muss ich sogar.» Zain schob die fertigen Drinks zu Sara hinüber und wandte sich dann wieder dem Mann zu. «Ich rufe Ihnen gerne ein Taxi.»

Der Gast knurrte etwas Unverständliches und ließ sich zurück auf seinen Barhocker fallen. Zain entspannte sich ein wenig, behielt ihn aber im Blick. Solche Situationen konnten schnell eskalieren, das hatte er in den letzten Jahren oft genug erlebt.

«Schöne Location hier», sagte plötzlich eine neue Stimme. Zain drehte sich um und sein Blick traf stahlblaue Augen. Der Mann, der da an seiner Bar saß, war neu hier, das hätte er sich gemerkt. Militärisch kurze blonde Haare, kantiges Gesicht, breite Schultern unter einem schlichten schwarzen T-Shirt. Er strahlte eine ruhige Autorität aus, die Zain sofort faszinierte.

«Danke», erwiderte er und musste sich zwingen, nicht zu lange zu starren. «Was darf's denn sein?»

Bevor der Fremde antworten konnte, krachte ein Glas zu Boden. Der betrunkene Gast von eben war aufgesprungen, sein Barhocker lag umgekippt hinter ihm.

«Du kleine Schwuchtel verweigerst mir also das Trinken?», brüllte er durch den Raum.

Die Musik schien plötzlich leiser, alle Gespräche verstummten. Zain spürte, wie sich sein Magen zusammenzog.

Das würde keine gute Nacht werden.

Jay hatte eigentlich nur einen ruhigen Drink gewollt, einen Moment der Normalität nach zwei Wochen intensivem Training. Seine Muskeln schmerzten noch vom heutigen Nahkampftraining, und sein Kopf war voll mit Einsatzplänen und Taktiken.

Als er das Phoenix entdeckt hatte, schien es genau richtig – keine überfüllte Touristenkneipe, keine angesagte Szene-Location.

Einfach eine gut geführte Bar mit gedämpftem Licht und einer Atmosphäre, die Anonymität versprach.

Doch kaum hatte er den attraktiven Barkeeper mit den dunklen Locken und den bernsteinfarbenen Augen entdeckt, war es mit der Ruhe vorbei. Etwas an der Art, wie sich der Mann hinter der Bar bewegte, zog seinen Blick magisch an. Präzise, kontrolliert und trotzdem mit einer natürlichen Eleganz.

Und jetzt stand dieser Idiot da und brüllte homophobe Beleidigungen durch den Raum.

Jay beobachtete, wie sich die Muskeln im Nacken des Barkeepers anspannten.

Trotzdem blieb dessen Stimme ruhig: «Ich denke, Sie sollten jetzt gehen.»

«Ach ja?» Der Betrunkene taumelte zwei Schritte auf die Bar zu. «Und wer will mich dazu zwingen? Du und deine kleine Tussi mit den blauen Haaren?»

Besagte ‚Tussi' griff bereits nach ihrem Handy, vermutlich um die Polizei zu rufen.

Der Barkeeper schüttelte kaum merklich den Kopf. Er wollte die Situation offenbar selbst entschärfen.

«Niemand muss hier irgendjemanden zwingen», sagte er in einem Ton, als würde er mit einem störrischen Kind reden. «Sie gehen jetzt einfach nach Hause, schlafen ihren Rausch aus, und morgen ist die Sache vergessen.»

«Vergessen?» Der Mann lachte bellend. «Ich vergesse nicht, wenn mir so einer wie du auf der Nase rumtanzt!»

Jay bemerkte die subtile Veränderung in der Körperhaltung des Betrunkenen eine Sekunde, bevor es passierte. Jahre des Kampftrainings hatten ihn gelehrt, die Anzeichen zu lesen.

Der Mann holte aus, seine Hand zur Faust geballt.

Ohne nachzudenken, glitt Jay von seinem Barhocker. Seine Hand schloss sich um das Handgelenk des Angreifers, noch bevor dessen Faust ihr Ziel erreichen konnte. Mit einer fließenden Bewegung drehte er den Arm des Mannes auf dessen Rücken, gerade fest genug, um ihm zu zeigen, dass Widerstand zwecklos war.

«Der Mann hat gesagt, Sie sollen gehen», sagte Jay leise, aber mit einer Autorität in der Stimme, die keinen Widerspruch duldete. «Ich schlage vor, Sie hören auf ihn.»

Der Betrunkene versuchte, sich loszureißen, aber Jays Griff war wie Stahl. Nach einem kurzen Moment des Kampfes erschlaffte er.

«Schon gut, schon gut», murmelte er. «Ich geh ja schon.»

Jay ließ ihn los und der Mann stolperte Richtung Ausgang, nicht ohne noch einen hasserfüllten Blick zurückzuwerfen.

Ein paar Gäste klatschten verhalten, dann ging der normale Barbetrieb wieder weiter.

«Danke», sagte der Barkeeper und sah Jay direkt an. «Das hätte böse enden können.»

«Keine Ursache.» Jay kehrte zu seinem Platz zurück. «Ich bin Jay.»

«Zain.» Ein kleines Lächeln umspielte Zains Mundwinkel. «Was darf's denn nun sein? Geht aufs Haus.»

«Whiskey, pur.» Jay hielt dem intensiven Blick stand. «Aber ich bestehe darauf, zu zahlen. Immerhin bist du hier der Geschädigte, nicht ich.»

Zain zuckte mit den Schultern, aber sein Lächeln wurde breiter.

«Wie wäre es mit einem Kompromiss? Der erste Drink geht aufs Haus, den zweiten darfst du bezahlen.»

«Deal», sagte Jay und spürte, wie sich die Anspannung der letzten Minuten langsam löste.

Der Vorfall hatte ihn mehr aufgewühlt, als er zugeben wollte – nicht wegen der potentiellen Gefahr, damit konnte er umgehen. Aber die Beleidigungen des Betrunkenen hatten einen Nerv getroffen. Sie erinnerten ihn daran, warum er in seiner Einheit schwieg, warum er sein Privatleben strikt von seinem Beruf trennte.

Zain stellte ein Glas vor ihm ab, bernsteinfarben wie seine Augen. Ihre Finger berührten sich kurz bei der Übergabe. Eine kleine, unschuldige Berührung, die trotzdem einen elektrischen Schauer durch Jays Körper jagte.

«Auf einen ruhigeren Rest des Abends», sagte Zain und hob kurz seine Wasserflasche zum Toast.

Jay nippte an seinem Whiskey und hoffte, dass der Abend alles andere als ruhig werden würde.

Die Bar leerte sich langsam. Sara hatte sich vor einer halben Stunde verabschiedet, nachdem Zain darauf bestanden hatte, dass er die letzte Stunde auch alleine schaffte.

Jetzt war es kurz vor zwei, nur noch eine Handvoll Gäste saß verstreut an den Tischen.

Und Jay.

Er war geblieben, hatte seinen zweiten Whiskey so langsam getrunken, als wollte er jeden Tropfen auskosten. Während des Bedienens der letzten Gäste waren sie ins Gespräch gekommen. Zain hatte von seinen Restaurantplänen erzählt, von seiner Vision einer modernen persischen Küche mit deutscher Note.

«Meine Mutter würde sich im Grab umdrehen, wenn sie wüsste, dass ich ihre Rezepte verfeinere», sagte Zain und lehnte sich an die Bar.

Die letzte Gruppe Gäste hatte gerade bezahlt.

«Aber manchmal muss man Traditionen ein bisschen aufbrechen, um sie am Leben zu erhalten.»

«Klingt, als hättest du dir das gut überlegt.»

Jay drehte sein leeres Glas zwischen den Fingern. Seine Hände waren schwielig, vermutlich vom Training. Zain konnte seinen Blick kaum von ihnen lösen.

«Seit Jahren träume ich davon. Die Bar… » Er machte eine umfassende Geste. «Das Phoenix ist toll, Sara mehr eine Freundin als meine Chefin. Aber ich wollte immer mehr.»

«Warum ausgerechnet Berlin?»

«Weil die Stadt so ist wie ich – ein bisschen von allem, nirgendwo ganz zu Hause und trotzdem genau da, wo sie sein soll.» Zain lachte. «Sorry, das klang weniger kitschig in meinem Kopf.»

«Nein, ich verstehe das.» Jay sah sich in der nun leeren Bar um. «Manchmal braucht man einen Ort, der einen einfach man selbst sein lässt.»

Da war etwas in seiner Stimme, eine unterschwellige Sehnsucht, die Zain nur zu gut kannte. Er hatte sie oft genug in seiner eigenen Stimme gehört.

«Und du?», fragte er vorsichtig. «Was verschlägt einen... » Er stockte, unsicher wie er fortfahren sollte.

«Einen Soldaten?», half Jay aus. «KSK, um genau zu sein. Aber das behältst du für dich, okay?»

Zain pfiff leise durch die Zähne. Kommando Spezialkräfte. Das erklärte einiges – die Bewegungen vorhin, die natürliche Autorität, die kontrollierte Kraft.

«Keine Sorge, ich bin gut im Geheimnisse bewahren.» Er griff nach Jays Glas. «Noch einen?»

Jay zögerte. «Eigentlich sollte ich... »

«Du solltest», unterbrach Zain ihn sanft, «mir erlauben, dir noch einen einzuschenken. Immerhin hast du mir heute den Abend gerettet.»

Ihre Blicke trafen sich über die Bar hinweg. Die Musik war leiser geworden, nur noch ein sanfter Beat im

Hintergrund. Durch die großen Fenster drangen die Geräusche des nächtlichen Berlins, ein Gewirr aus Straßenlärm und Gesprächen vereinzelter Passanten.

«Einen noch», sagte Jay schließlich. «Aber dann muss ich wirklich los. Morgen früh geht's zurück zur Basis.»

Zain nickte und griff nach der Flasche mit dem guten Whiskey, den er normaler weise nicht ausschenkte. Seine Finger zitterten leicht, als er eingoss.

Die Luft zwischen ihnen schien zu knistern.

«Wie lange bleibst du in Berlin?», fragte er, während er das Glas hinüber schob.

«Nur heute Nacht.» Jay nahm einen Schluck. Seine Augenbrauen hoben sich anerkennend ob des besseren Whiskeys. «War eigentlich nur für das Training hier. Morgen früh geht der Zug.»

«Schade.»

Das Wort war Zain herausgerutscht, bevor er es zurückhalten konnte.

Jay stellte sein Glas ab. Seine Hand blieb auf dem Tresen liegen, nur Zentimeter von Zains Hand entfernt. «Ja», sagte er leise. «Ist wirklich schade.»

Die Spannung zwischen ihnen war jetzt fast greifbar. Zain spürte, wie sich sein Herzschlag beschleunigte. Er müsste nur seine Hand ein kleines Stück bewegen...

Das Klirren von Glas ließ sie beide zusammenzucken. Der letzte verbliebene Gast hatte sein Bier umgeworfen.

«Ich kümmere mich drum», sagte Zain schnell und trat einen Schritt zurück. Die intensive Atmosphäre des Moments zerbrach wie eine Seifenblase.

Als er mit Lappen und Kehrblech zurückkam, hatte Jay sein Glas geleert. Seine Miene war wieder distanziert, professionell. Der kurze Einblick in den Mann hinter der Fassade war verschwunden.

«Ich sollte gehen», sagte er und zog seine Jacke an. «Danke für die Drinks.»

«Gern geschehen.» Zain versuchte, seine Enttäuschung zu verbergen. «Pass auf dich auf.»

Jay nickte nur und wandte sich zum Gehen. An der Tür hielt er kurz inne, drehte sich aber nicht um. Dann war er verschwunden, verschluckt von der Berliner Nacht.

Zain starrte noch lange auf die Stelle, wo er gestanden hatte. Der Abdruck von Jays Glas auf dem Tresen war der einzige Beweis, dass dieser Abend keine Einbildung gewesen war.

Jay stand vor seinem Hotelzimmer und starrte auf die Zimmernummer, als könnte sie ihm Antworten auf die Fragen geben, die in seinem Kopf kreisten.

231.

Drei simple Ziffern, die ihm seltsam verschwommen erschienen. Vielleicht hätte er den letzten Whiskey doch nicht trinken sollen. Oder vielleicht hätte er noch einen trinken sollen, noch eine Stunde bleiben sollen, noch…

Er schüttelte den Kopf und schloss die Tür auf. Das Zimmer war kühl und unpersönlich, wie Hotelzimmer es immer waren. Seine Sporttasche lag noch genauso auf dem Bett, wie er sie heute Nachmittag hingeworfen hatte. In vier Stunden würde schon sein Wecker klingeln.

Mit mechanischen Bewegungen ging er ins Bad, putzte sich die Zähne, wusch sich das Gesicht. Im Spiegel sah er müde aus, die Augen leicht gerötet.

Das intensive Training der letzten Wochen hatte Spuren hinterlassen. Oder waren es die Ereignisse des Abends, die ihm anzusehen waren?

Zain.

Allein der Gedanke an den Barkeeper ließ seinen Puls schneller werden. Diese bernsteinfarbenen Augen, die Art wie sich seine Locken im Nacken kräuselten, sein Lächeln… Jay stöhnte und ließ sich aufs Bett fallen.

«Reiß dich zusammen, Jespersen», murmelte er in die Dunkelheit.

Er konnte sich keine Ablenkung leisten, nicht jetzt, wo die wichtigsten Übungen des Jahres anstanden. Seine Einheit zählte auf ihn, und er hatte sich geschworen, nie zuzulassen, dass sein Privatleben seinen Dienst beeinflusste.

Sein Handy vibrierte. Eine Nachricht von seinem Teamführer: «Zugverbindung für morgen bestätigt. 0830 Berlin Hbf.»

Die Realität seiner Welt holte ihn wieder ein. In der Basis gab es keine Bars mit gedämpftem Licht, keine geheimnisvollen Barkeeper mit Träumen von eigenen Restaurants, keine elektrisierenden Momente über teurem Whiskey.

Und doch... Als er die Augen schloss, sah er Zain vor sich, wie er sich über die Bar lehnte, wie sich ihre Hände fast berührten.

Was wäre passiert, wenn dieser letzte Gast sein Bier nicht umgeworfen hätte?

Wenn er den Mut gehabt hätte, seine Nummer zu hinterlassen?

Aber nein – es war besser so. Sauberer.

Eine Nacht, eine Fast-Begegnung, eine Geschichte, die er in einer seiner schwächeren Stunden vielleicht seinem Tagebuch anvertrauen würde.

Mehr nicht.

Das Surren einer Straßenbahn drang durch das gekippte Fenster. Berlin lebte auch um diese Uhrzeit weiter, unbeeindruckt von den kleinen Dramen, die sich in ihren Straßen abspielten.

Irgendwo da draußen schloss Zain vermutlich gerade seine Bar ab, machte sich auf den Weg nach Hause. Vielleicht dachte er auch an diesen Abend, an den Soldaten, der aus dem Nichts aufgetaucht und genauso schnell wieder verschwunden war.

Jay griff nach seinem Handy, öffnete Google. Seine Finger schwebten über der Tastatur. «Phoenix Bar Berlin» – so einfach wäre es. Ein paar Klicks, und er hätte zumindest die Adresse, könnte vielleicht die Telefonnummer raussuchen…

«Nein.» Er schaltete das Handy aus und legte es weg.

Morgen würde er wieder Kjell Jespersen sein, KSK-Soldat, zuverlässig, fokussiert, ohne Ablenkungen. Diese eine Nacht, diese paar Stunden als ‚Jay' – sie mussten reichen.

Er zog die Bettdecke über sich, aber der Geruch der Bar – eine Mischung aus Whiskey, Musik und unausgesprochenen Möglichkeiten – schien an ihm zu haften.

Während er in einen unruhigen Schlaf glitt, fragte er sich, ob es Zain ähnlich ging. Ob auch er heute Nacht von dem träumen würde, was hätte sein können.

Der Wecker würde in wenigen Stunden klingeln, und dann würde Berlin nur noch eine weitere Stadt auf der Landkarte sein.

Aber für den Moment, in der Stille dieses anonymen Hotelzimmers, erlaubte sich Jay, den Abend noch einmal zu durchleben. Jeden Blick, jedes Lächeln, jedes unausgesprochene Wort.

Morgen würde er es vergessen müssen.

Aber diese Nacht gehörte noch ihm.

Wiedersehen

Staub wirbelte auf, als Zain durch die ehemalige Pizzeria ging. Sonnenlicht fiel durch die großen Fenster und malte helle Rechtecke auf den nackten Betonboden. Wo einst Tische und Stühle gestanden hatten, markierten jetzt orangefarbene Markierungen die Umrisse seiner Zukunft.

«Hier kommt die offene Küche hin», erklärte der Architekt, ein junger Mann namens Felix mit einer zu großen Hornbrille. Er deutete auf einen Bereich nahe der Fensterfront. «Die Gäste können den Köchen beim Arbeiten zusehen. Das ist genau der moderne Touch, von dem Sie gesprochen haben.»

Zain nickte abwesend. Sein Blick wanderte zu der massiven Theke, die als einziges Möbelstück geblieben war. Dunkles Holz, leicht abgenutzt, aber mit Charakter.

Sie erinnerte ihn an die Bar, an den Abend vor zwei Wochen, an…

«Herr Malik? Haben Sie mir zugehört?»

«Was? Oh, Entschuldigung.» Zain rieb sich über die Augen. «Sie sagten etwas über die Küche?»

Felix seufzte.

«Die Entlüftungsanlage. Wir müssen sie komplett erneuern, wenn Sie hier persische Gerichte zubereiten wollen. Die alte italienische Anlage reicht dafür nicht aus.»

Natürlich. Noch mehr Kosten.

Zain spürte, wie sich sein Magen zusammenzog. Die Bank hatte zwar den Kredit bewilligt, aber jede zusätzliche Ausgabe brachte ihn näher an seine finanzielle Schmerzgrenze.

Sein Handy vibrierte. Sara.

«Erinnere mich nochmal», schrieb sie, «warum ich heute Abend die Bar alleine schmeißen muss?»

Er musste lächeln.

«Weil du die beste Chefin der Welt bist?»

«Falsch. Weil du seit zwei Wochen mit dem Kopf in den Wolken schwebst und ich Mitleid mit dir habe. Übrigens, er war nicht wieder da.»

Zain starrte auf die Nachricht. Sie brauchte nicht zu präzisieren, wer ‚er‘ war.

«Ich weiß nicht, wovon du redest», tippte er zurück.

«Natürlich nicht. Deswegen starrst du auch jeden Mann in schwarzem T-Shirt an, der die Bar betritt.»

«Das ist nicht…» Er brach ab.

Was sollte er auch sagen? Dass er einen völlig Fremden nicht vergessen konnte? Dass er sich wie ein verliebter Teenager fühlte, nur weil ein gutaussehender Soldat ihm einmal aus der Patsche geholfen hatte?

«Herr Malik?» Felix wedelte mit seinen Bauplänen. «Wir müssen noch die Sanitäranlagen besprechen.»

Bevor Zain antworten konnte, klingelte sein Handy. Eine unbekannte Nummer.

«Spreche ich mit Zain Malik?» Die Stimme am anderen Ende klang geschäftsmäßig. «Hier ist das Bauamt Friedrichshain-Kreuzberg. Wir müssen über Ihre Genehmigung sprechen. Es sind… Unstimmigkeiten aufgetaucht.»

Die Worte trafen ihn wie ein Schlag in die Magengrube.

«Was für Unstimmigkeiten?»

«Das möchten wir gerne persönlich mit Ihnen besprechen. Hätten Sie morgen Zeit für einen Termin?»

Zain schloss die Augen. Das durfte nicht wahr sein. Er hatte alle Unterlagen dreifach geprüft, hatte jeden Schritt mit seinem Anwalt abgesprochen.

«Natürlich», hörte er sich selbst sagen. «Wann?»

Als er auflegte, bemerkte er Felix' besorgten Blick.

«Probleme?»

«Nichts, was sich nicht lösen lässt.»

Zain straffte die Schultern. Er hatte nicht jahrelang für diesen Traum gearbeitet, um sich jetzt von bürokratischen Hürden aufhalten zu lassen.

«Zeigen Sie mir die Pläne für die Sanitäranlagen.»

Sein Handy vibrierte ein letztes Mal. Sara wieder.

«Übrigens, da war heute Morgen ein Typ, der sich nach dir erkundigt hat. Groß, teurer Anzug, Ende vierzig vielleicht. Wollte wissen, wo du bist.»

Zain runzelte die Stirn, während er die Antwort tippte.

«Hat er einen Namen hinterlassen?»

«Nein. Aber er hatte so was… Einschüchterndes an sich. Sei vorsichtig, okay?»

«Bin ich immer», schrieb er zurück, aber ein ungutes Gefühl beschlich ihn. Erst die Probleme mit der Baugenehmigung, jetzt dieser mysteriöse Besucher…

Er schüttelte den Kopf und wandte sich wieder Felix zu. Keine Zeit für Paranoia. Und keine Zeit, an gutaussehende Soldaten zu denken, die längst wieder verschwunden waren.

Der Schlamm spritzte hoch, als Jay die letzte Runde auf dem Hindernisparcours absolvierte. Seine Lunge brannte, aber er zwang sich, weiterzulaufen. Nur noch hundert Meter. Fünfzig. Zwanzig.

«Zeit!» Der Ausbilder drückte auf seine Stoppuhr. «Jespersen, 2:14. Nicht schlecht.»

Jay nickte nur und ging ein paar Schritte, um seinen Atem zu beruhigen. Die anderen aus seinem Team klatschten anerkennend. Er hatte seine persönliche Bestzeit um fast zehn Sekunden verbessert.

«Mann, du bist ja richtig motiviert in letzter Zeit», keuchte Chris, sein Teamkamerad, der kurz nach ihm ins Ziel kam. «Was ist los? Willst du uns alle beschämen?»

«Trainiere halt gerne.»

Jay zuckte mit den Schultern und griff nach seiner Wasserflasche.

«Ja, aber in den letzten zwei Wochen bist du ja geradezu besessen.» Chris grinste. «Als müsstest du irgendwas kompensieren.»

Wenn der andere Mann wüsste, wie nah er der Wahrheit kam.

Jay hatte in den vergangenen zwei Wochen jede freie Minute trainiert, hatte sich in die Arbeit gestürzt, als könnte er damit die Erinnerung an einen gewissen Barkeeper aus seinem Kopf vertreiben.

«Hey, Jungs!» Marco, ihr Scharfschütze, kam auf sie zugelaufen. «Plant ihr schon was fürs Wochenende? Ein paar von uns wollen nach Dresden, da hat so'n neuer Club aufgemacht.»

«Klingt gut», sagte Chris. «Jay?»

«Muss mal sehen.» Jay wischte sich den Schweiß von der Stirn. «Hab noch Papierkram zu erledigen.»

«Papierkram?» Marco verdrehte die Augen. «Mann, du brauchst dringend mal wieder Action. Seit Berlin bist du total…»

«Antreten!»

Der Ruf ihres Teamführers unterbrach das Gespräch. Die Männer stellten sich in Formation auf.

Hauptmann Weber ließ seinen Blick über die Gruppe schweifen.

«Änderung im Dienstplan. Wir haben einen Sondereinsatz.» Er machte eine Pause. «In Berlin.»

Jays Herz setzte einen Schlag aus.

«Ein Zeuge muss zu einer wichtigen Aussage gebracht werden. Höchste Sicherheitsstufe. Wir übernehmen den Transport und die Bewachung. Abfahrt morgen früh 0600.»

Die anderen tuschelten aufgeregt. Ein Sondereinsatz war immer willkommen, bedeutete er doch Abwechslung vom Trainingsalltag.

«Wie lange?», fragte Chris.

«Mindestens drei Tage. Packt entsprechend.» Weber nickte der Gruppe zu. «Wegtreten.»

Während sie zu den Unterkünften gingen, klopfte Marco Jay auf die Schulter.

«Na also, jetzt kommst du doch noch nach Berlin. Vielleicht findest du ja endlich diese Bar wieder, von der du neulich im Schlaf geredet hast.»

Jay erstarrte.

«Was?»

«Mann, du redest im Schlaf. Letzte Woche, nach dem Nachttraining. Irgendwas von einer Bar und… » Marco grinste. «Wie hieß sie noch? Saina? Salina? Sara?»

«Keine Ahnung, wovon du redest.»

Jays Stimme war schärfer als beabsichtigt.

Marco hob abwehrend die Hände.

«Schon gut, war ja nur Spaß.»

Jay beschleunigte seine Schritte. In seinem Kopf überschlugen sich die Gedanken.

Berlin.

Drei Tage.

Das Phoenix war keine fünf Kilometer vom Regierungsviertel entfernt, wo sie vermutlich stationiert sein würden.

Zum ersten Mal seit zwei Wochen erlaubte er sich, an jenen Abend zu denken. An Zains Lächeln, an die Art, wie sich ihre Hände fast berührt hatten, an die unausgesprochenen Worte zwischen ihnen.

«Reiß dich zusammen», murmelte er, während er seine Ausrüstung zusammenpackte. «Das ist ein Einsatz, kein verdammter Urlaubstrip.»

Aber das Kribbeln in seinem Magen, die plötzliche Energie in seinen Gliedern – sie erzählten eine andere Geschichte.

Der Regen prasselte gegen die Fensterscheiben des Phoenix. Zain wischte
zum dritten Mal die Wasserspuren von
der Theke, die tropfnasse Gäste hinterlassen hatten. Das Wetter hatte den
üblichen Donnerstagabend-Ansturm
deutlich gedämpft.

«Du glaubst nicht, was ich heute gehört
habe.» Sara lehnte sich über die Bar,
ihre blauen Haare heute mit silbernen
Strähnen durchzogen. «Weißt du,
warum Tarek seinen Barbershop so
schnell verkauft hat?»

Zain schüttelte den Kopf. Er hatte sich
ehrlich gesagt keine Gedanken darüber
gemacht, warum der Barbershop aus
der Straße geschlossen hatte.

«Angeblich hat ihn jemand unter Druck
gesetzt. Ein ‚Geschäftsmann'», sie
machte Anführungszeichen in der Luft,
«der mehrere Läden in der Gegend auf-
kauft. Und rate mal? Der Typ passt
genau auf die Beschreibung von Mr.
Merkwürdig von neulich.»

«Das beweist gar nichts», sagte Zain, aber sein Magen verkrampfte sich. Erst die Probleme mit der Baugenehmigung, dann die seltsamen Anrufe von der Bank wegen «Unstimmigkeiten» in seinen Unterlagen…

«Sei nicht naiv.» Sara senkte ihre Stimme. «Ich hab mit Mira von der Weinhandlung gesprochen. Die haben ähnliche Probleme. Erst taucht dieser Typ auf, dann gibt's plötzlich Ärger mit Behörden, Lieferanten, allem Möglichen.»

Bevor Zain antworten konnte, schwang die Tür auf. Sein Herz setzte einen Schlag aus.

Jay.

Er war nicht allein. Zwei andere Männer begleiteten ihn, alle in zivil, aber mit der unverkennbaren Haltung von Soldaten. Sie schüttelten den Regen von ihren Jacken und sahen sich um.

«Oh», machte Sara leise.

Zain ignorierte sie und zwang sich zur Ruhe. «Was darf's sein?»

Der größere von Jays Begleitern trat vor. «Drei Bier.» Er musterte die Bar. «Jay meinte, hier gäb's das beste Guinness in Berlin.»

«Hat er das?» Zain wagte einen Blick zu Jay, der stoisch geradeaus starrte. «Dann sollten wir ihn nicht enttäuschen.»

Während er die Gläser füllte, spürte er Jays Blick auf sich. Zwei Wochen. Es fühlte sich an wie gestern und wie eine Ewigkeit zugleich.

«Also», der zweite Begleiter lehnte sich an die Bar und schaute zu Sara, «woher kennt ihr euch?»

«Marco», warnte Jay leise.

«Was denn? Du hast uns hierher geschleppt, durch halb Berlin im Regen. Da wird man ja wohl fragen dürfen.»

Zain stellte die Gläser ab.

«Jay hat mir mal mit einem schwierigen Gast geholfen. Nichts Besonderes.»

Sie drehten sich wieder zu ihm.

«Ach ja?» Marco grinste.

«Wir sollten gehen», sagte Jay schließlich nach einer Weile. Seine Stimme klang rau. «Früher Einsatz morgen.»

«Was? Wir sind doch gerade erst… »

Der große Mann – Chris, wenn Zain deren Gespräch richtig verfolgt hatte – verstummte, als er Jays Gesichtsausdruck sah.

«Okay, okay. Gehen wir.»

Sie tranken ihre Biere aus. Beim Aufbruch wagte Zain einen letzten Blick zu Jay. Ihre Augen trafen sich, nur für einen Moment, aber es reichte, um Zains Puls rasen zu lassen.

Dann waren sie weg, ließen nur drei leere Gläser und den Geruch von Regen zurück.

«Oh. Mein. Gott.» Sara war wieder an seiner Seite. «Du hast die ganze Zeit sein Bier eingegossen. Das war Pils.»

Zain erstarrte.

Sie hatte Recht. In drei Jahren hatte er nicht einmal das falsche Bier gezapft.

«Bitte schließ du heute ab», sagte er plötzlich. «Ich muss… ich brauch frische Luft.»

Sara griff nach seinem Arm.

«Was ist mit dem mysteriösen Typen? Den Problemen? Zain, das ist wichtig!»

«Morgen», sagte er und schnappte sich seine Jacke. «Wir reden morgen darüber.»

Er musste Jay finden.

Jetzt.

Bevor er wieder verschwand, bevor zwei weitere Wochen vergingen, bevor…

Der Regen hatte nachgelassen, als er auf die Straße trat. Links oder rechts? Zum Alexanderplatz oder Richtung Kreuzberg?

«Ich dachte schon, du kommst nicht.»

Zain wirbelte herum. Jay stand im Schatten des Hauseingangs, allein.

«Deine Freunde?»

«Glauben, ich hole noch Zigaretten.» Jay trat einen Schritt näher. «Wir haben ungefähr zehn Minuten.»

Zains Herz hämmerte gegen seine Rippen.

«Zehn Minuten für was?»

Die Straßenlaterne spiegelte sich in Jays Augen, als er noch einen Schritt näher kam.

«Um herauszufinden, ob das hier… » Er deutete zwischen ihnen hin und her, «…real ist.»

Zehn Minuten.

Sechshundert Sekunden, die sich wie eine Ewigkeit und wie ein Augenzwinkern zugleich anfühlten.

Der Regen rann an ihnen herab, aber keiner von beiden schien es zu bemerken.

«Real?», wiederholte Zain leise. «Zwei Wochen lang dachte ich, ich hätte mir das alles eingebildet.»

«Ich auch.»

Jay fuhr sich mit einer Hand durchs nasse Haar.

«Ich hätte nicht wiederkommen sollen. Das hier… das ist keine gute Idee.»

Aber er machte keine Anstalten zu gehen. Im diffusen Licht der Straßenlaterne konnte Zain die Anspannung in seinem Kiefer sehen, die Art, wie seine Finger sich unbewusst zu Fäusten ballten und wieder lösten.

«Warum bist du dann hier?»

«Weil… » Jay holte tief Luft. «Weil ich seit zwei Wochen an nichts anderes denken kann. An niemand anderen.»

Die Worte hingen zwischen ihnen in der feuchten Nachtluft. Ein Taxi fuhr vorbei, seine Scheinwerfer warfen für einen Moment bizarre Schatten an die Hauswand.

«Wie lange bist du diesmal in Berlin?», fragte Zain.

Er musste seine Stimme unter Kontrolle halten, durfte nicht zeigen, wie sehr diese Worte ihn trafen.

«Drei Tage. Vielleicht vier.» Jay trat einen Schritt näher, bis sie sich fast berührten. «Es ist ein Einsatz, kein… ich kann nicht… »

«Ich weiß.» Zain spürte die Wärme, die von Jay ausging, trotz der kühlen Nachtluft. «Ich verlange nichts.»

«Lügner.» Ein schwaches Lächeln huschte über Jays Gesicht. «Du verlangst alles, einfach nur indem du hier stehst.»

Vielleicht war es der Regen, der ihre Hemmungen wegwusch. Vielleicht war es die Dunkelheit, die ihnen einen Moment der Ehrlichkeit erlaubte. Zains Hand fand Jays Wange, raue Bartstoppeln unter seinen Fingern.

«Drei Tage», sagte er leise. «Lass uns herausfinden, was das hier ist. Danach… danach sehen wir weiter.»

Jay schloss für einen Moment die Augen, lehnte sich fast unmerklich in die Berührung.

«Das wird wehtun.»

«Wahrscheinlich.»

«Meine Einheit darf nichts erfahren.»

«Ich weiß.»

«Ich kann dir nichts versprechen.»

«Ich verlange keine Versprechen.»

Jay öffnete die Augen wieder. In der Ferne war Gelächter zu hören, vermutlich seine Kameraden, die zurückkamen. Die zehn Minuten waren fast um.

«Morgen», sagte Jay plötzlich. «Ich… wir haben abends frei. Nach zwanzig Uhr.»

Zain ließ seine Hand sinken.

«Die Bar ist voll um die Zeit.»

«Nicht die Bar.»

Jay zog einen Stift aus seiner Jackentasche, griff nach Zains Hand. Die Zahlen, die er auf Zains Handfläche schrieb, brannten sich ein wie ein Versprechen.

«Das ist meine Nummer. Schreib mir, wo ich dich treffen soll.»

Schritte näherten sich. Jay trat einen Schritt zurück, verwandelte sich vor Zains Augen wieder in den distanzierten Soldaten.

«Jay!», rief Marco von der Straßenecke. «Wo bleibst du denn?»

«Komme!», rief Jay zurück. Zu Zain gewandt fügte er leise hinzu: «Morgen?»

Zain nickte nur.

Die Zahlen auf seiner Handfläche verschwammen im Regen, aber er hatte sie bereits auswendig gelernt.

Jay drehte sich um und ging zu seinen Kameraden. Zain sah ihm nach, bis die Dunkelheit ihn verschluckt hatte. Erst dann gestattete er sich ein Lächeln.

Drei Tage.

Zweiundsiebzig Stunden.

Vielleicht würde es in Schmerz enden, vielleicht in Reue. Aber in diesem Moment, im sanften Berliner Regen, mit dem Echo von Jays Berührung auf seiner Haut, war das egal.

Morgen würden sie herausfinden, was das hier war. Morgen würden sie dem namenlosen Ding zwischen ihnen eine Chance geben.

Morgen.

Zain drehte sich um und ging zurück in die Bar. Sara würde Fragen haben, und er hatte keine Antworten.

Aber zum ersten Mal seit zwei Wochen fühlte er sich wieder vollständig lebendig.

Die Zahlen auf seiner Hand waren sein Geheimnis, sein Versprechen, seine Hoffnung.

Der erste Abend

«Diese Unterlagen sind unvollständig.» Die Sachbearbeiterin schob ihre Brille zurecht und blätterte durch Zains Anträge. Ihre roten Fingernägel klackten auf dem Papier.

«Der Brandschutznachweis entspricht nicht den aktuellen Vorschriften.»

Zain biss sich auf die Innenseite seiner Wange.

«Das ist derselbe Nachweis, den Sie vor drei Wochen als ausreichend bezeichnet haben.»

«Die Vorschriften wurden angepasst.» Sie zuckte mit den Schultern. «Sie müssen einen neuen Gutachter beauftragen. Außerdem fehlt die erweiterte Lärmschutzprognose.»

«Eine Lärmschutzprognose? Für ein Restaurant? An derselben Stelle, wo vorher eine Pizzeria war?»

Die Frau – ihr Namensschild bezeichnete sie als Frau Berger – sah ihn über ihre Brillengläser hinweg an.

«Die Anforderungen für orientalische Gastronomie sind andere als für italienische.»

Zain atmete tief durch. ‚Orientalische Gastronomie'. Als wäre sein geplantes Fine-Dining-Restaurant vergleichbar mit einem Döner-Imbiss.

«Wie lange wird die neue Prüfung dauern?»

«Mindestens vier bis sechs Wochen. Vorausgesetzt, alle Unterlagen sind dann vollständig.»

Sechs Wochen.

Seine Kalkulation basierte darauf, dass er in spätestens drei Monaten eröffnen konnte. Jede Verzögerung kostete ihn Geld, das er nicht hatte.

Auf dem Weg nach draußen vibrierte sein Handy.

Die Nummer von gestern Abend.

Jay.

«Steht das Angebot für heute noch?»

Zains Herzschlag beschleunigte sich.

Er hatte die ganze Nacht wach gelegen, die Zahlen auf seiner Hand anstarrend, bis der Regen sie verwischt hatte. Dann hatte er Jay eine kurze Nachricht geschrieben, nur, damit dieser auch seine Nummer hatte.

«Ja», tippte er zurück. «20:30? Ich kenne da ein kleines Restaurant… »

Er steckte das Handy weg und trat aus dem Amt auf die Straße. Die Frühlingssonne wärmte sein Gesicht, aber ein ungutes Gefühl beschlich ihn. An der Bushaltestelle gegenüber stand ein Mann im Anzug, der schnell wegsah, als ihre Blicke sich trafen.

Sein Handy vibrierte erneut. Sara.

«Du musst sofort in die Bar kommen. Mira ist hier. Es ist wichtig.»

Zain runzelte die Stirn. Was machte die Besitzerin der Weinhandlung um diese Zeit im Phoenix?

Die Bar war noch geschlossen, als er ankam. Mira saß an der Theke, ihr sonst so perfektes Make-up verschmiert. Sara stellte gerade einen Kaffee vor ihr ab.

«Sie haben meine Lieferanten kontaktiert», sagte Mira ohne Umschweife. «Alle meine Hauptlieferanten haben plötzlich ‚Lieferengpässe'. Und gestern war das Gesundheitsamt da. Angeblich gab es eine anonyme Beschwerde.»

Zain setzte sich neben sie. «Wer sind ‚sie'?»

«Das weißt du genau.» Mira wischte sich über die Augen. «Derselbe Typ, der auch bei dir war. Viktor Reichert. Er kauft die halbe Straße auf.»

Der Name löste ein Echo von Unbehagen in Zain aus.

«Warum erzählst du mir das?»

«Weil du der Einzige bist, der sich noch wehrt.» Sie griff nach seiner Hand. «Die anderen haben alle aufgegeben. Aber du… du baust sogar neu. Das werden sie nicht zulassen.»

«Sie? Wer ist…»

Die Tür schwang auf. Der Mann von der Bushaltestelle stand im Eingang.

«Tut mir leid, wir haben noch geschlossen», sagte Sara scharf.

Der Mann lächelte dünn.

«Ich bin nicht wegen eines Drinks hier. Herr Malik?» Er zog eine Visitenkarte hervor. «Mein Arbeitgeber würde sich gerne mit Ihnen unterhalten. Über die Zukunft Ihres… Projekts. Den Verkauf Ihres Objekts.»

Zain nahm die Karte. ‚Viktor Reichert, Reichert Holdings'.

«Ich bin beschäftigt, ein Verkauf interessiert mich nicht», sagte er kühl.

«Ich stehe kurz vor der Eröffnung.»

«Natürlich.» Der Mann nickte. «Aber Sie sollten sich die Zeit nehmen.»

Er ließ seinen Blick durch die Bar schweifen. «Wer weiß, was so passieren könnte, wenn man sich keine Zeit nimmt... »

Als er ging, zitterte Miras Hand so stark, dass sie ihren Kaffee verschüttete.

Zains Handy vibrierte. Jay hatte auf seine Nachricht geantwortet.

«20:30 klingt perfekt. Schick mir die Adresse.»

Zain starrte auf die Nachricht, dann auf die Visitenkarte in seiner Hand. In weniger als zwölf Stunden würde er Jay wiedersehen. Aber plötzlich schien dieser Abend nicht mehr wie ein Versprechen, sondern wie ein zusätzliches Risiko.

Er durfte Jay nicht in diese Sache hineinziehen. Was auch immer ‚diese Sache' war.

«Zain?» Saras Stimme riss ihn aus seinen Gedanken. «Was machen wir jetzt?»

Er steckte sein Handy weg und richtete sich auf.

«Wir machen gar nichts. Ich kümmere mich darum.»

Aber als er die Angst in Miras Augen sah, fragte er sich, ob er nicht gerade den größten Fehler seines Lebens beging.

«Und Sie sind sicher, dass Sie heute Abend aussagen wollen?» Jay stand mit verschränkten Armen neben der Tür des Hotelzimmers, während sein Team den Zeugen befragte.

Der Mann auf dem Bett – mittelgroß, Glatze, nervöse Hände – nickte.

«Je früher, desto besser. Die haben überall ihre Leute.»

Chris warf Jay einen bedeutungsvollen Blick zu. Sie beide wussten, dass der Mann Recht hatte. Das Netzwerk, gegen das er aussagen würde, hatte Verbindungen bis in die höchsten Kreise.

Jays Handy vibrierte in seiner Tasche.

Zum dritten Mal in der letzten Stunde widerstand er dem Drang, nachzusehen.

Er wusste auch so, dass es Zain war, der die Details für heute Abend schickte.

«Okay», sagte Weber und stand auf. «Transport zum Gericht um 19 Uhr. Danach bringen wir Sie an einen sicheren Ort.»

Der Zeuge lachte bitter.

«Gibt's sowas überhaupt noch? Einen sicheren Ort?»

Jay folgte seinen Kameraden aus dem Zimmer. Draußen verteilte Weber die Aufgaben für den Abend.

«Jespersen, du übernimmst die zweite Schicht. Ab 20 Uhr... »

«Sir», unterbrach Jay, sein Herz hämmerte. «Ich... ich habe heute Abend einen Kontakt in der Stadt. Könnte wichtig sein.»

Die Lüge schmeckte bitter auf seiner Zunge.

Weber runzelte die Stirn.

«Was für ein Kontakt?»

«Jemand aus der Gastro-Szene.» Jay hielt seinem Blick stand. «Könnte Informationen über Geldwäsche-Aktivitäten haben.»

Es war nicht mal ganz gelogen. Nach dem, was er gestern im Phoenix gehört hatte…

Weber seufzte.

«Gut. Marco übernimmt deine Schicht. Aber sei erreichbar.»

«Natürlich, Sir.»

Sobald er allein war, zog Jay sein Handy hervor. Drei Nachrichten von Zain:

«Restaurant heißt ‚Kleine Schwester‘, Kollwitzstraße.»

«Hab uns einen ruhigen Tisch reserviert.»

«Falls… falls du es dir anders überlegt hast, ist das auch okay.»

Die letzte Nachricht ließ sein Herz schwer werden. Er tippte schnell eine Antwort:

«Bin da. Freu mich.»

So einfach die Worte waren, sie fühlten sich wie ein Versprechen an.

Ein gefährliches Versprechen.

«Hey, Casanova!» Marcos Stimme ließ ihn zusammenzucken. «Mit wem schreibst du dir denn da die Finger wund?»

Jay steckte das Handy weg.

«Kontakt für heute Abend.»

«Klar.» Marco grinste. «Hat dieser ‚Kontakt‘ zufällig was mit einer gewissen Bar zu tun? Einem Mädchen namens Sara vielleicht?»

«Lass es gut sein.»

«Mann, ich hab dich noch nie so… » Marco verstummte, als er Jays Gesichtsausdruck sah.

«Sorry. Ist nur… du bist anders seit Berlin. Seit dieser Bar.»

Jay drehte sich zu seinem Freund um.

«Marco. Bitte.»

Etwas in seiner Stimme musste Marco erreicht haben, denn er hob die Hände.

«Schon gut. Ich sag nichts mehr.» Er zwinkerte. «Sei vorsichtig, okay?»

«Bin ich immer.»

Aber als er später unter der Dusche stand, fragte er sich, ob das stimmte.

War es vorsichtig, sich mit Zain zu treffen?

War es vorsichtig, diesem Gefühl nachzugeben, das sein ganzes Training, seine ganze Disziplin in Frage stellte?

Er zog das schwarze Hemd an, das er extra gekauft hatte.

Keine Uniform, keine Tarnung heute.

Nur er selbst.

Der Gedanke war gleichermaßen befreiend und erschreckend.

Sein Handy vibrierte ein letztes Mal.

«Der Tisch ist unter ‚Phoenix' reserviert.»

Jay lächelte.

Passend.

Wie der Vogel aus der Asche erhob sich etwas Neues aus den Trümmern seiner sorgfältig konstruierten Barrieren.

Natürlich war ihm klar, dass es nur der Name der Bar war, in der Zain arbeitete, aber dennoch passte es einfach.

Er checkte seine Waffe, rein aus Gewohnheit. Berlin war nicht sicher, da hatte der verängstigte Zeuge Recht gehabt. Aber heute Abend würde er nicht als Soldat unterwegs sein.

Heute Abend war er einfach nur Jay.

Das «Kleine Schwester» versteckte sich in einem Hinterhof, ein schmales Gebäude mit flackernden Laternen vor der Tür.

Zain war zu früh, natürlich war er das. Er hatte drei verschiedene Outfits anprobiert, nur um am Ende bei seinem üblichen schwarzen Rollkragenpullover zu landen.

Gerade, als er sich hingesetzt hatte, öffnete sich die Tür.

Jay stand im Eingang, das schwarze Hemd betonte seine breiten Schultern. Sein Blick fand Zain sofort, als hätte er einen eigenen Kompass für ihn.

«Hi», sagte Jay leise, als er am Tisch ankam.

«Hi», erwiderte Zain und versuchte, sein wild klopfendes Herz zu beruhigen.

Sie bestellten Wein, dann senkte sich eine seltsame Stille über den Tisch. Was sagte man zu jemandem, den man kaum kannte und trotzdem nicht vergessen konnte?

«Also… » begann Jay.

«Wie war… » setzte Zain gleichzeitig an.

Sie lachten beide, und die Spannung brach.

«Du zuerst», sagte Jay und lehnte sich zurück.

«Wie war dein Tag? Also… soweit du darüber reden darfst.»

«Anstrengend. Aber nicht wegen des Jobs.» Jay nahm einen Schluck Wein. «Ich musste die ganze Zeit an heute Abend denken.»

Die Ehrlichkeit in seiner Stimme traf Zain unvorbereitet.

«Ich auch», gab er zu.

«Das ist verrückt, oder?» Jay schüttelte den Kopf. «Wir kennen uns kaum.»

«Manchmal braucht es nicht viel.» Zain dachte an den Moment in der Bar, als ihre Hände sich fast berührt hatten.

«Manchmal weiß man einfach... »

«Was?»

«Dass da etwas ist.»

Jay schwieg einen Moment.

«In meinem Job kann ich mir keine Unsicherheiten leisten.» Er sah Zain direkt an. «Aber bei dir... bei dir bin ich mir gleichzeitig absolut sicher und komplett verloren.»

Die Wirtin brachte ihre Vorspeisen – gegrillter Spargel mit Ziegenkäse. Der Duft erinnerte Zain an seine Restaurantpläne, an alles, was heute im Amt schief gelaufen war.

«Erzähl mir von dir», sagte Jay plötzlich. «Wie kommt ein... »

Er stockte.

«Ein Perser?», half Zain mit einem schiefen Lächeln.

«Ich wollte sagen, ein talentierter Koch, aber ja, auch das.»

«Meine Eltern kamen in den 80ern nach Hamburg. Vater war Ingenieur, Mutter die beste Köchin der Welt – auch wenn sie das nie zugeben würde.» Zain lächelte bei der Erinnerung. «Sie haben ein kleines Café betrieben. Nichts Besonderes, aber… »

«Aber es war zuhause?»

«Ja.» Zain sah auf. «Woher… »

«Deine Augen.» Jay beugte sich vor. «Sie leuchten, wenn du davon erzählst.»

Die Intensität seines Blicks ließ Zains Haut kribbeln.

«Und du? Wie wird man KSK-Soldat?»

«In meinem Fall? Rebellion.»

Jay grinste.

«Mein Vater ist Professor in Kopenhagen. Er wollte, dass ich in seine Fußstapfen trete. Stattdessen bin ich mit achtzehn zur Bundeswehr. Meine Mutter war Deutsche, deswegen ging das.»

«Und jetzt?»

«Jetzt kann ich mir nichts anderes mehr vorstellen.» Jay zögerte. «Auch wenn es manchmal… einsam ist.»

Die unausgesprochenen Worte hingen zwischen ihnen. Zain wusste, wonach Jay nicht fragte: Können wir das hier wirklich riskieren? Ist es das wert?

Ihre Hände lagen auf dem Tisch, nur Zentimeter voneinander entfernt. Wie in der Bar, vor zwei Wochen. Diesmal war es Jay, der die Distanz überbrückte. Seine Finger streiften Zains Handgelenk, eine flüchtige Berührung, die sich anfühlte wie ein elektrischer Schlag.

«Das ist keine gute Idee», murmelte Jay, machte aber keine Anstalten, seine Hand wegzuziehen.

«Nein», stimmte Zain zu und drehte seine Hand, bis ihre Finger sich verschränkten. «Absolut keine gute Idee.»

Sie saßen da, die Hände ineinander verschlungen, als Zains Handy klingelte.

Sara.

Mit einem entschuldigenden Blick zu Jay nahm er den Anruf an.

«Was ist los?»

Saras Stimme zitterte.

«Zain… du musst sofort kommen. Deine Baustelle… es tut mir so leid…»

Die Angst in ihrer Stimme ließ sein Blut gefrieren.

«Ich bin unterwegs», sagte er und legte auf. Zu Jay gewandt: «Ich muss…»

«Ich komme mit», sagte Jay und stand bereits auf.

Es war keine Frage, keine Bitte.

Und Zain war dankbar dafür.

Blaulicht zuckte über die Fassade der ehemaligen Pizzeria. Zwei Polizeiwagen standen vor dem Gebäude, Sara auf dem Bordstein daneben, die Arme um sich geschlungen. Als sie Zain sah, stürzte sie auf ihn zu.

«Es tut mir so leid», schluchzte sie. «Ich war grad auf dem Weg zur Bar, da hab ich gesehen, dass die Tür offen stand.»

Jay blieb einen Schritt hinter ihnen, beobachtete die Situation mit professioneller Aufmerksamkeit. Sein Blick glitt über die zerbrochenen Fensterscheiben, die aufgebrochene Tür.

Ein Polizist kam auf sie zu.

«Sind Sie der Besitzer?»

Zain nickte stumm.

«Können Sie reinkommen? Wir müssen den Schaden aufnehmen.»

Das Innere des Restaurants war ein Schlachtfeld. Die frisch verputzten Wände waren zerschlagen, Bauschutt bedeckte den Boden. Aber das Schlimmste war die Nachricht, die in roter Farbe quer über die Wand gesprüht war:

VERSCHWINDE, SOLANGE DU NOCH KANNST

Jay trat neben ihn, seine Präsenz solid und beruhigend.

«Das ist professionell», sagte er leise. «Kein zufälliger Vandalismus.»

«Nein.» Zains Stimme klang fremd in seinen eigenen Ohren. «Das ist eine Warnung.»

Er dachte an Miras Worte von heute Morgen, an die Visitenkarte in seiner Tasche. Viktor Reichert. Der Mann, der die halbe Straße aufkaufte.

«Können Sie sich denken, wer dahinterstecken könnte?», fragte der Polizist.

Zain öffnete den Mund, zögerte dann.

Was sollte er sagen?

Dass ein zwielichtiger Geschäftsmann systematisch Druck auf alle Ladenbesitzer in der Gegend ausübte?

Dass er heute Morgen praktisch bedroht worden war?

«Nein», sagte er schließlich. «Keine Ahnung.»

Er spürte Jays Blick auf sich, fragend, forschend.

Aber er konnte ihm nicht in die Augen sehen. Nicht jetzt.

«Die Versicherung wird das nicht decken», murmelte er, mehr zu sich selbst. «Und selbst wenn – die Zeit, die Reparaturen… » Seine Stimme brach.

«Hey.» Jay berührte kurz seinen Arm, so schnell, dass niemand es bemerkt haben konnte. «Ein Schritt nach dem anderen.»

Der Polizist räusperte sich.

«Wir brauchen noch Ihre Aussage. Und Sie sollten sich überlegen, wo Sie heute übernachten. Falls die Täter zurückkommen… »

«Er kommt mit mir», sagte Jay fest. Als Zain ihn überrascht ansah, fügte er hinzu: «Ich hab ein Hotelzimmer. Du kannst das Sofa haben.»

Die Polizisten packten zusammen, nachdem sie alles fotografiert und Zains Aussage aufgenommen hatten. Sara umarmte ihn zum Abschied.

«Ruf mich an, wenn du was brauchst», flüsterte sie. «Egal wann.»

Dann waren sie allein, Jay und er, vor dem verwüsteten Standort seiner Träume.

«Du weißt, wer das war», sagte Jay. Es war keine Frage.

Zain holte die Visitenkarte hervor, reichte sie Jay.

«Er war heute Morgen bei mir. Wollte über die ‚Zukunft meines Projekts‘ reden.»

Jay starrte auf die Karte, seine Miene versteinerte.

«Viktor Reichert?»

«Kennst du ihn?»

«Kennen nicht, aber… » Jay stockte, schien mit sich zu ringen. «Der Zeuge, den wir bewachen? Seine Aussage betrifft ein kriminelles Netzwerk. Geldwäsche, Schutzgelderpressung, das Übliche. Und der Name Reichert ist gefallen.»

Zain schloss die Augen.

Natürlich.

Das erklärte alles – die Probleme mit den Genehmigungen, die plötzlichen Schwierigkeiten anderer Geschäftsinhaber.

«Du hättest das der Polizei sagen sollen», sagte Jay sanft.

«Und dann? Reichert hat Verbindungen. Das haben sie alle gesagt.» Zain lachte bitter. «Weißt du, was das Ironische ist? Vor einer Stunde war meine größte Sorge, ob ich deine Hand halten darf oder nicht.»

Jay trat näher, seine Stimme kaum mehr als ein Flüstern.

«Du darfst. Jederzeit.»

Die simple Aussage traf Zain mitten ins Herz. Er drehte sich zu Jay um, sah die Entschlossenheit in seinen Augen.

«Das wird gefährlich», warnte er.

«Ich weiß.»

«Nicht nur wegen Reichert.»

«Ich weiß.»

Sie standen da, im Schatten von Zains zerstörten Träumen, während die Nacht um sie herum atmete.

Schließlich griff Jay nach Zains Hand, verschränkte ihre Finger miteinander.

«Komm», sagte er leise. «Lass uns von hier verschwinden.»

Sie gingen durch die nächtlichen Straßen Berlins, Hand in Hand, zwei Männer gegen eine Welt voller Schatten.

Und obwohl nichts gut war, obwohl alles kompliziert und gefährlich und unmöglich schien, fühlte sich dieser Moment seltsam richtig an.

Gefährliche Nähe

«Das Sofa ist zu kurz», sagte Zain, als sie Jays Hotelzimmer betraten.

Er versuchte, locker zu klingen, als würden sie nicht beide die Spannung spüren, die zwischen ihnen vibrierte.

Jay schmunzelte schwach.

«Stimmt. Aber das Bett ist breit genug für zwei.»

Die Worte hingen zwischen ihnen in der Luft. Zain spürte, wie sein Herzschlag sich beschleunigte. Um sich abzulenken, trat er ans Fenster. Von hier oben sah Berlin aus wie ein Meer aus Lichtern, friedlich fast. Als gäbe es keine Bedrohungen, keine zerstörten Restaurants, keine komplizierten Gefühle.

«Hier.» Jay reichte ihm ein Glas Wasser. Seine Finger streiften Zains, als er es übergab. «Willst du darüber reden?»

«Worüber? Über den Typen, der meine Existenz bedroht? Oder darüber, dass ich mich ausgerechnet in einen Soldaten verlieben musste?»

Die Worte waren heraus, bevor er sie zurückhalten konnte. Jay erstarrte, das eigene Glas auf halbem Weg zu seinen Lippen.

«Tut mir leid», murmelte Zain. «Das war… »

«Ehrlich?» Jay stellte sein Glas ab und trat näher. «Erschreckend? Kompliziert?»

«Alles davon.»

Sie standen sich gegenüber, nahe genug, dass Zain die kleine Narbe über Jays Augenbraue erkennen konnte, den leichten Bartschatten an seinem Kiefer.

«Erzähl mir von Reichert», sagte Jay sanft. «Alles, was du weißt.»

Zain holte tief Luft und begann zu berichten. Von den ersten subtilen Warnungen, den «zufälligen» Behördenproblemen, den mysteriösen Anrufen.

Von Miras Situation und den anderen Geschäften in der Straße.

Jay hörte zu, sein Gesichtsausdruck war ernst. Ab und zu stellte er präzise Fragen, die seine militärische Ausbildung verrieten.

«Er baut sich ein Imperium auf», schloss Zain. «Kauft eine Straße nach der anderen, und wer nicht verkaufen will...»

«Wird dazu gebracht, es sich anders zu überlegen.» Jay fuhr sich durchs Haar. «Das passt zu dem, was unser Zeuge erzählt hat. Reichert nutzt die Läden zur Geldwäsche. Aber dafür braucht er willige Besitzer.»

«Oder verängstigte.»

«Ja.» Jay trat ans Fenster, seine Schultern angespannt. «Ich sollte das melden. Offiziell. Es könnte wichtig für unseren Fall sein.»

«Aber?»

«Aber dann wirst du in die Sache hineingezogen. Befragungen, Überwachung, möglicherweise Gefährdung als Zeuge.» Er drehte sich um. «Ich will dich nicht in Gefahr bringen.»

«Zu spät.» Zain lachte bitter. «Ich bin bereits mittendrin.»

«Das ist nicht alles.» Jay machte einen Schritt auf ihn zu. «Wenn das offiziell wird… ich kann dich nicht mehr sehen. Keine persönliche Verstrickung mit Zeugen. Das ist Vorschrift.»

Die Worte trafen Zain härter als erwartet.

«Wäre das so schlimm? Wir kennen uns kaum.»

«Lügner», sagte Jay leise. Seine Hand fand Zains Wange, warm und rau. «Du weißt genau, dass das nicht stimmt.»

Zain lehnte sich in die Berührung. «Was machen wir jetzt?»

«Das Richtige wäre, dich morgen früh zur Polizei zu bringen. Deine Aussage aufnehmen zu lassen. Reichert zu stoppen.»

«Und das Falsche?»

Jays Daumen strich über Zains Wangenknochen.

«Dir zu sagen, dass ich dich seit zwei Wochen nicht aus dem Kopf bekomme. Dass ich nachts wach liege und an deine Hände denke, dein Lächeln, die Art wie du mich ansiehst... »

«Jay... » Zains Stimme war kaum mehr als ein Flüstern.

«Dir zu sagen, dass ich weiß, dass das hier dumm ist und gefährlich und kompliziert... » Jay lehnte seine Stirn gegen Zains. «Und dass es mir egal ist.»

Sie standen da, atmeten die gleiche Luft, während draußen Berlin seine nächtliche Symphonie spielte. Sirenen in der Ferne, das Rauschen des Verkehrs, das Pochen ihrer Herzen.

«Wir könnten... » begann Zain.

Ein schrilles Klingeln durchschnitt die Luft. Jays Handy.

«Jay?» Marcos Stimme klang angespannt durch den Hörer. «Wir haben ein Problem. Der Zeuge dreht durch.

Will seine Aussage vorziehen. Jetzt sofort.»

Jay schloss die Augen, seine freie Hand noch immer an Zains Wange.

«Ich bin in zwanzig Minuten da.»

«Beeil dich.»

Er legte auf und trat einen halben Schritt zurück, gerade weit genug, um Zains Gesicht sehen zu können.

«Ich muss los.»

«Ich weiß.»

Keiner von beiden bewegte sich.

«Du solltest hierbleiben», sagte Jay. «Es ist sicherer als deine Wohnung. Und ich… » Er holte tief Luft. «Ich würde gerne wiederkommen. Nachher.»

Zain nickte.

Die Distanz zwischen ihnen fühlte sich falsch an, wie ein körperlicher Schmerz.

«Jay?»

«Ja?»

«Wenn du jetzt gehst… » Zain trat näher, bis sie sich wieder berührten.

«Dann sollten wir vorher etwas klar-
stellen.»

«Was…»

Der Rest der Frage ging verloren, als
Zains Lippen seine fanden. Der Kuss
war sanft, fast schüchtern zunächst,
eine Frage mehr als eine Forderung.

Jays Hand glitt in Zains Nacken, zog
ihn näher, während die andere sich in
den weichen Stoff seines Pullovers
krallte.

Die Welt um sie herum verschwamm,
wurde bedeutungslos. Es gab nur noch
Zains Finger, die über Jays Rücken stri-
chen, den leichten Geschmack von
Wein auf seinen Lippen, das leise
Geräusch, das er machte, als Jay sanft
seine Unterlippe zwischen die Zähne
nahm.

Jays Handy vibrierte erneut.

«Verdammt», murmelte er gegen Zains
Lippen.

«Geh.» Zain löste sich widerwillig von ihm. Seine Lippen waren gerötet, seine Augen dunkel. «Tu, was du tun musst.»

«Ich komme wieder.»

«Ist das ein Versprechen?»

Jay griff nach seiner Dienstwaffe, die er beim Betreten des Zimmers abgelegt hatte. «Ja. Und ich halte meine Versprechen.»

Er war schon an der Tür, als Zains Stimme ihn noch einmal innehalten ließ.

«Jay? Pass auf dich auf.»

Die Sorge in seiner Stimme traf Jay unerwartet tief. Wie lange war es her, dass sich jemand so um ihn gesorgt hatte? Dass jemand Jay gesehen hatte, nicht nur den Soldaten?

Er drehte sich um, überbrückte die Distanz zwischen ihnen mit zwei schnellen Schritten und küsste Zain noch einmal.

Härter diesmal, drängender, ein Versprechen anderer Art.

«Du auch», flüsterte er. «Schließ die Tür ab. Lass niemanden rein.»

Dann war er weg, der Geschmack von Zain noch auf seinen Lippen, während er durch die nächtlichen Straßen Berlins eilte. Sein Team brauchte ihn, der Zeuge brauchte ihn. Er musste fokussiert sein, professionell.

Aber alles in ihm schrie danach, umzukehren.

Je schneller er seinen Job erledigte, desto schneller konnte er zurück. Zurück zu dem Mann, der in nur wenigen Tagen seine ganze Welt auf den Kopf gestellt hatte. Zurück zu Zain.

Zain konnte nicht still sitzen. Nachdem Jay gegangen war, hatte er eine Stunde damit verbracht, im Hotelzimmer auf und ab zu gehen. Seine Lippen kribbelten noch immer von den Küssen, aber die Sorge nagte an ihm.

Sein Handy summte. Eine Nachricht von Sara.

«Mira hat alle zusammengetrommelt. Treffen im Phoenix. JETZT.»

Er zögerte.

Jay hatte ihn gebeten, im Hotel zu bleiben. Aber…

«Wer ist alles da?», schrieb er zurück.

«Mira, der Typ vom Späti, das türkische Restaurant, der Buchladen. Alle, die noch Widerstand leisten.»

Zain fluchte leise.

Er konnte nicht hier sitzen und nichts tun, während andere für ihn kämpften.

Jay würde das verstehen müssen.

Das Phoenix lag im Halbdunkel, nur die kleine Lampe über der Bar brannte. Acht Menschen saßen um den größten Tisch, alle mit dem gleichen gehetzten Ausdruck in den Augen.

«Da bist du ja», sagte Mira. Sie sah noch erschöpfter aus als am Morgen. «Wir müssen reden. Alle zusammen.»

Kemal vom türkischen Restaurant erhob sich. «Sie waren heute bei mir. Zwei Typen im Anzug. Sagten, die

Gesundheitsbehörde würde nächste Woche eine ‚Routinekontrolle' machen.»

«Bei mir waren's die Brandschutzvorschriften», warf Anna vom Buchladen ein. «Angeblich neue Regelungen für Geschäfte mit mehr als 3000 Büchern.» Sie lachte bitter. «Als ob sowas existiert.»

«Es wird schlimmer», sagte Mira. «Tarek – der mit dem Barbershop – hat erzählt, dass Reichert überall seine Leute sitzen hat. In den Ämtern, bei der Polizei… »

«Deswegen sind wir hier», unterbrach Sara. «Wir müssen uns zusammentun. Uns gegenseitig helfen.»

«Wie denn?» Kemal schüttelte den Kopf. «Die sind zu mächtig.»

«Nicht wenn wir alle aussagen», sagte Zain plötzlich. Alle Augen richteten sich auf ihn. «Gemeinsam. Mit Beweisen. Fotos von den Zerstörungen,

Aufzeichnungen von Gesprächen, alles, was wir haben.»

«Bist du wahnsinnig?» Anna starrte ihn an. «Das ist Selbstmord!»

«Nein.» Zain dachte an Jay, an den Zeugen, den er beschützte. «Ich habe… Kontakte. Leute, die gegen Reichert ermitteln. Wenn wir genug Material sammeln… »

Ein Geräusch vor der Tür ließ alle zusammenzucken. Aber es war nur der Wind, der eine leere Flasche umgeworfen hatte.

«Okay», sagte Mira langsam. «Angenommen, wir machen das. Was brauchen deine… Kontakte?»

Die nächste Stunde verbrachten sie damit, Beweise zu sammeln. Fotos wurden auf einen USB-Stick gezogen, Termine von verdächtigen «Kontrollen» notiert, Drohungen dokumentiert.

Es war fast drei Uhr morgens, als sie aufbrachen. Zain trat als letzter aus der

Bar, den USB-Stick sicher in seiner Tasche.

Er bemerkte den schwarzen Van erst, als er die zweite Straßenecke erreichte.

Zu spät erkannte er, dass er ihm folgte.

Sein Herz begann zu rasen. Das Hotel war zu weit weg. Die Bar… nein, zu offensichtlich.

Aber wohin dann?

Sein Handy fühlte sich bleischwer in seiner Tasche an. Ein Anruf an Jay würde ihn von seinem Einsatz ablenken, könnte ihn gefährden.

Der Van wurde schneller.

Zain bog scharf ab, in eine der engen Nebenstraßen Kreuzbergs. Sein Restaurant – oder was davon übrig war – lag nur zwei Blocks entfernt. Er kannte dort jede Ecke, jeden Hinterausgang.

Schritte hinter ihm. Mehr als einer.

Er rannte los.

Die Tür zum Restaurant war noch immer aufgebrochen. Zain schlüpfte hinein, sein Atem ging stoßweise. Im

Dunkeln tastete er sich durch den verwüsteten Raum, bis er die Küche erreichte. Der alte Lagerraum hatte einen versteckten Ausgang zum Hinterhof – ein Überbleibsel aus der Zeit, als das Gebäude noch eine Kneipe gewesen war.

Stimmen von draußen.

Zain presste sich an die Wand. Seine Hand zitterte, als er sein Handy hervorzog. Jay. Er musste Jay anrufen. Aber was, wenn er ihn in Gefahr brachte? Wenn er seinen Einsatz gefährdete?

Ein Lichtstrahl tastete durch die zerbrochenen Fenster.

Die Entscheidung wurde ihm abgenommen, als sein Handy vibrierte. Jay.

«Wo bist du?», fragte Jay ohne Begrüßung. Seine Stimme klang angespannt.

«In meinem Restaurant», flüsterte Zain. «Sie… sie folgen mir.»

Eine Sekunde Stille.

Dann: «Wie viele?»

«Mindestens drei. Sie wollen… »

Ein Krachen von vorne unterbrach ihn.

Sie waren im Gebäude.

«Zain?» Jays Stimme war jetzt scharf, professionell. «Hör mir zu. Versteck dich. Ich bin in wenigen Minuten da. Behalt dein Handy griffbereit.»

«Jay, der Einsatz… »

«Ist vorbei. Der Zeuge ist sicher. Ich bin schon unterwegs.»

Die Verbindung brach ab. Schritte näherten sich der Küche.

Zain schlich weiter zurück.

«Er muss hier rein sein.»

«Check die Hintertür.»

«Der Boss will den USB-Stick. Mehr nicht.»

Zain glitt hinter die alte Theke. Von hier konnte er den Hintereingang sehen und…

Eine Hand packte seinen Arm.

Er wirbelte herum, bereit zu kämpfen, aber eine weitere Hand presste sich auf seinen Mund.

«Shhhh», zischte eine bekannte Stimme. «Ich bin's.»

Jay. Irgendwie war er hereingekommen.

«Wie?», begann Zain, aber Jay schüttelte den Kopf.

Die Schritte kamen näher. Jay zog Zain enger an sich, seine Waffe in der anderen Hand.

«Vertrau mir», flüsterte er.

Drei endlose Minuten verstrichen. Die Eindringlinge durchsuchten methodisch den Raum. Einer kam so nahe an der Theke vorbei, dass Zain sein Aftershave riechen konnte.

Dann, endlich, Sirenen in der Ferne.

«Scheiße», fluchte einer der Männer. «Die Bullen.»

«Egal. Er muss hier irgendwo… »

«Vergiss es. Der Boss will keine Aufmerksamkeit. Wir kommen wieder.»

Hastige Schritte, eine zuschlagende Tür. Stille.

Jay wartete noch zwei Minuten, bevor er Zain losließ.

«Alles okay?»

Zain nickte benommen. Sein Herz hämmerte noch immer.

«Wie bist du so schnell…?»

«Ich war schon auf dem Weg hierher. Der Zeuge hat ausgepackt – Reichert ist größer, als wir dachten. Ein ganzes Netzwerk.» Jay strich Zain eine verschwitzte Locke aus der Stirn.

«Was ist passiert?»

Zain erzählte von dem Treffen, dem USB-Stick, der Verfolgung. Mit jedem Wort wurde Jays Gesicht ernster.

«Das ist es», sagte er schließlich. «Das ist der Durchbruch, den wir brauchen. Wenn wir die Aussagen der Geschäftsleute mit denen unseres Zeugen kombinieren… »

«Dann können wir Reichert stoppen?»

«Ja. Aber… » Jay zögerte. «Es wird gefährlich. Für alle Beteiligten.»

Die Sirenen waren jetzt ganz nah. Blaues Licht flackerte durch die zerbrochenen Fenster.

«Gefährlicher als das hier?», fragte Zain bitter.

Statt einer Antwort zog Jay ihn an sich und küsste ihn. Es war anders als vorhin im Hotel – verzweifelt, fast grob, als müsste er sich vergewissern, dass Zain wirklich hier war, unverletzt.

«Ich hätte dich fast verloren», murmelte er gegen Zains Lippen.

«Aber hast du nicht.»

«Nein.» Jay löste sich widerwillig von ihm. «Und das wird auch nicht passieren. Wir stoppen Reichert. Zusammen.»

Draußen waren jetzt Stimmen zu hören, Polizisten, die das Gebäude umstellten.

«Was ist mit den Vorschriften?», fragte Zain leise. «Keine persönliche Verstrickung mit Zeugen?»

Jay lächelte grimmig.

«Zu spät dafür, oder?» Er strich mit dem Daumen über Zains Wange.

Sie traten gemeinsam ins grelle Licht der Polizeischeinwerfer. Was auch immer die nächsten Tage bringen würden, sie würden es zusammen durchstehen.

Der Kampf hatte gerade erst begonnen.

Unter Druck

Die Morgensonne fiel durch die Hotelfenster und malte warme Streifen auf das zerwühlte Bett.

Zain beobachtete, wie Jay methodisch seine Ausrüstung überprüfte - Waffe, Ersatzmagazin, Handy, Headset. Seine Bewegungen waren präzise, routiniert, so anders als die sanften Berührungen der vergangenen Nacht.

Sie hatten kaum geschlafen. Nach der Sache im Restaurant waren sie hierher zurückgekehrt, hatten bis zum Morgengrauen Pläne geschmiedet, Beweise gesichtet, und in den wenigen ruhigen Momenten dazwischen... Zain spürte, wie sein Puls sich bei der Erinnerung beschleunigte.

«Der USB-Stick ist sicher?», fragte Jay zum dritten Mal.

«In Saras Schließfach. Keiner würde dort suchen.»

Jay nickte, dann erstarrte er. Sein Handy vibrierte.

«Weber.»

Die Anspannung in seiner Stimme ließ Zain sich aufsetzen. Jay nahm den Anruf an.

«Ja, Sir?» Eine Pause. «Verstanden. Bin in zwanzig Minuten da.»

Er legte auf, sein Gesicht verschlossen.

«Probleme?», fragte Zain.

«Weber will mich sprechen. Sofort.» Jay fuhr sich durchs Haar. «Jemand muss uns gestern gesehen haben. Zusammen.»

Die unausgesprochene Sorge hing zwischen ihnen.

Was würde das für Jay bedeuten?

Für seinen Job?

Für sie?

«Es tut mir leid», sagte Zain leise. «Wenn ich nicht zur Bar gegangen wäre… »

«Nein.» Jay war mit zwei Schritten bei ihm, kniete sich vors Bett. «Hör auf. Das ist nicht deine Schuld.»

Seine Hand fand Zains Nacken, zog ihn zu sich herunter. Der Kuss war sanft, fast schon verzweifelt.

«Jay… » Zain lehnte seine Stirn gegen Jays. «Was machen wir hier eigentlich?»

«Ich weiß es nicht.» Jays Daumen strich über Zains Wangenknochen. «Ich weiß nur, dass es sich richtig anfühlt. Zum ersten Mal seit… seit immer.»

«Auch wenn es dich deinen Job kostet?»

«Es gibt andere Jobs.»

Die simple Aussage traf Zain mitten ins Herz.

«Du liebst deinen Job.»

«Ja.» Jay küsste ihn erneut, kurz diesmal. «Aber ich fange an zu glauben, dass es wichtigere Dinge gibt.»

Sein Handy vibrierte erneut.

«Geh», sagte Zain. «Bevor Weber noch wütender wird.»

Jay stand auf, griff nach seiner Jacke. An der Tür drehte er sich noch einmal um.

«Bleib hier. Bitte. Bis ich zurück bin.»

«Ich muss zur Bar. Sara macht sich Sorgen und…»

«Zain.» Die Intensität in Jays Stimme ließ ihn verstummen. «Reicherts Leute sind noch da draußen. Und nach gestern Nacht…» Er holte tief Luft. «Ich kann mich nicht auf das Gespräch mit Weber konzentrieren, wenn ich mir Sorgen um dich machen muss.»

«Okay», sagte Zain nach einem Moment. «Okay, ich bleibe hier.»

Die Erleichterung in Jays Augen war deutlich zu sehen. Er öffnete den Mund, als wollte er noch etwas sagen, schloss ihn dann wieder.

«Was?», fragte Zain.

«Nichts.» Jay schüttelte den Kopf. «Nur… das hier?» Er deutete zwischen ihnen hin und her. «Das ist mehr als nur… mehr als ich erwartet hatte.»

«Ich weiß», sagte Zain leise. «Für mich auch.»

Sie sahen sich an, beide bewusst, dass sie an einem Punkt angelangt waren, von dem es kein Zurück mehr gab.

Was auch immer in dem Gespräch mit Weber passieren würde - nichts würde das hier ungeschehen machen können.

Als die Tür hinter Jay ins Schloss fiel, lehnte Zain sich zurück aufs Bett. Der Geruch von Jays Aftershave hing noch in der Luft, vermischte sich mit dem Echo ihrer Küsse, ihrer geflüsterten Worte in der Dunkelheit.

Mehr als erwartet. Mehr als sie beide sich erlauben durften.

Und doch nicht genug.

Hauptmann Weber stand am Fenster seines temporären Büros im Regierungsviertel, die Hände hinter dem Rücken verschränkt. Er drehte sich nicht um, als Jay eintrat.

«Schließen Sie die Tür, Jespersen.»

Jay gehorchte.

Die Stille im Raum war erdrückend.

«Gestern Abend», sagte Weber schließlich, «haben Sie Ihren Posten verlassen. Mitten in einer kritischen Operation.»

«Sir, der Zeuge war sicher, und Marco… »

«Schweigen Sie.» Weber drehte sich um. Seine grauen Augen fixierten Jay. «Wissen Sie, warum ich Sie für diesen Einsatz ausgewählt habe?»

«Nein, Sir.»

«Weil Sie der Beste sind. Weil Sie nie - nie - persönliche Interessen über die Mission stellen.» Weber setzte sich hinter seinen Schreibtisch. «Zumindest dachte ich das.»

Jay spannte sich an.

«Sir, wenn es um den Barbesitzer geht... »

«Zain Malik.» Weber öffnete eine Akte vor sich. «Interessanter Mann. Erfolgreiche Bar, plant ein Restaurant. Keine Vorstrafen, keine politischen Aktivitäten. Bis vor kurzem völlig unauffällig.»

«Er ist ein Zivilist, der in Gefahr ist.»

«Ist er das?» Weber lehnte sich vor. «Oder ist er mehr? Seien Sie ehrlich, Jespersen. Was läuft da?»

Jay schluckte.

Er hatte mit vielem gerechnet, aber nicht mit dieser direkten Frage.

«Sir, ich... »

«Entspannen Sie sich.» Weber winkte ab. «Ihre... Präferenzen sind mir egal. Was mich interessiert, ist die Tatsache, dass Sie einen wichtigen Zeugen im Stich gelassen haben, um zu ihm zu rennen.»

«Es war eine Notsituation. Reicherts Leute... »

«Reichert.» Weber spuckte den Namen förmlich aus. «Viktor verdammter Reichert.»

Etwas in seiner Stimme ließ Jay aufhorchen. «Sie kennen ihn näher?»

Weber schwieg einen Moment. Dann: «Wir waren zusammen beim KSK. Vor zwanzig Jahren.»

Die Information traf Jay wie ein Schlag. «Was?»

«Er war gut. Brillant sogar. Aber er hatte merkwürdige Ideen. Über Macht, Kontrolle, Geld.» Weber stand auf und ging zum Fenster zurück. «Als wir ihm auf die Schliche kamen, ist er verschwunden. Ist untergetaucht. Bevor wir Beweise sichern konnten.»

«Und jetzt?»

«Jetzt nutzt er seine militärische Ausbildung, um Menschen einzuschüchtern. Um ein kriminelles Netzwerk aufzubauen.» Weber drehte sich zu Jay um. «Und Sie, Jespersen, sind dabei, sich in etwas zu verwickeln, das größer ist als eine simple Romanze.»

Jay spürte, wie sich sein Magen verkrampfte.

«Die Geschäftsleute haben Beweise gesammelt. Wenn wir das mit der Aussage unseres Zeugen kombinieren… »

«Können wir ihn endlich festnageln.» Weber nickte. «Aber dafür brauche ich Sie fokussiert. Hundert Prozent.»

«Das bin ich.»

«Sind Sie das?» Weber trat näher. «Können Sie mir in die Augen sehen und schwören, dass Sie objektiv bleiben können? Dass Sie nicht zögern werden, wenn es hart auf hart kommt?»

Jay hielt seinem Blick stand.

«Ich werde meinen Job tun.»

«Auch wenn das bedeutet, Malik aus der Schusslinie zu halten? Ihn komplett aus der Sache rauszuhalten?»

Die Frage hing zwischen ihnen in der Luft. Jay dachte an Zain, an sein

Lächeln heute Morgen, an die Art, wie er sich anfühlte…

«Nein», sagte er schließlich. «Das kann ich nicht versprechen.»

Zu seiner Überraschung lächelte Weber. «Gut.»

«Sir?»

«Endlich sind Sie ehrlich.» Weber setzte sich wieder. «Hören Sie zu, Jespersen. Ich brauche Sie in diesem Fall. Aber ich brauche auch Malik und die anderen Zeugen. Also werden wir das anders angehen.»

Er zog ein Foto aus der Akte. Es zeigte Reichert, jünger, in Uniform.

«Sie bleiben an Malik dran. Beschützen Sie ihn, sammeln Sie Beweise. Aber… » Weber hob einen Finger. «Sie melden alles. Jedes Detail. Keine Alleingänge mehr.»

«Verstanden, Sir.»

«Und Jespersen?» Weber sah ihn durchdringend an. «Wenn Sie schon Ihr Herz riskieren - stellen Sie verdammt noch mal sicher, dass es sich lohnt.»

Jay verließ das Büro mit gemischten Gefühlen.

Sein Handy vibrierte - eine Nachricht von Zain: «Alles okay?»

Jay tippte eine Antwort: «Besser als erwartet. Bin gleich da. Und Zain? Es lohnt sich. Definitiv.»

Das Café Morgenlicht lag weit genug von ihrem Viertel entfernt, um sicher zu sein - hoffte Zain zumindest. Die anderen waren bereits da, saßen um einen Tisch in der hintersten Ecke. Sechs statt der ursprünglichen acht. Anna vom Buchladen und Hassan vom Späti hatten sich bereits zurückgezogen.

«Sie haben Angst», flüsterte Sara, die neben ihm stand. «Und ehrlich gesagt, ich verstehe sie.»

Zain nickte nur.

Er hatte Jay versprochen, im Hotel zu bleiben, aber das hier war zu wichtig.

Die Gruppe brauchte jetzt Führung, einen Plan.

«Also», begann er, nachdem er sich gesetzt hatte. «Der USB-Stick ist sicher. Wir haben Beweise, wir haben Zeugen. Die Behörden sind bereits an Reichert dran.»

«Was für Behörden?», fragte Kemal skeptisch. «Die Polizei? Die steckt doch mit drin!»

«Nicht die Polizei.» Zain zögerte. Er wollte nicht zu viel über Jays Einheit preisgeben. «Eine Spezialeinheit. Sie haben bereits einen Hauptzeugen.»

«Und was ist mit uns?» Mira rieb sich müde die Augen. «Wer beschützt uns?»

Bevor Zain antworten konnte, klingelte Miras Handy. Ihre Augen weiteten sich, als sie auf das Display sah.

«Ja?… Was?… Nein… NEIN!»

Sie ließ das Handy fallen, ihr Gesicht kreidebleich.

«Meine Weinhandlung», flüsterte sie. «Sie… sie brennt.»

Die Worte fielen wie Steine in die geschockte Stille.

«Das ist eine Warnung», sagte Kemal und stand auf. «Es tut mir leid, Zain. Aber ich hab Familie. Ich kann nicht. »

«Warte!» Zain griff nach seinem Arm. «Wenn wir jetzt aufgeben, gewinnt er. Ist es das, was ihr wollt? Alles verlieren, wofür ihr gearbeitet habt?»

«Besser das als tot», murmelte jemand.

Sara trat vor. «Er hat Recht. Zusammen sind wir stärker. Diese… diese Spezialeinheit, sie wird uns beschützen, oder?»

Zain dachte an Jay, an das Versprechen in seinen Augen heute Morgen.

«Ja. Aber wir müssen durchhalten. Nur noch ein paar Tage, bis alle Beweise zusammen sind.»

Mira schluchzte leise.

«Meine ganzen Weinregale… das war mein Lebenswerk… »

«Wir helfen dir beim Wiederaufbau», sagte Zain fest. «Alle zusammen. Das ist es, was Reichert nicht versteht - wir sind eine Gemeinschaft. Wir lassen niemanden allein.»

Sein Handy vibrierte. Jay.

«Wo bist du? Du solltest im Hotel bleiben!»

Zain tippte schnell: «Notfall. Miras Laden brennt. Treffen im Café Morgenlicht.»

Die Antwort kam sofort: «Bin gleich da. Beweg dich nicht vom Fleck.»

Er steckte das Handy weg und sah in die verängstigten Gesichter um ihn herum.

«Hört zu», sagte er. «Ich weiß, ihr habt Angst. Aber genau das will er. Er will uns isolieren, einen nach dem anderen brechen. Wenn wir jetzt zusammenhalten, wenn wir stark bleiben… »

«Dann was?» Kemal schüttelte den Kopf. «Er hat überall seine Leute. In den Ämtern, bei der Polizei. Wie sollen wir gegen sowas ankämpfen?»

«Indem wir schlauer sind.» Zain lehnte sich vor. «Indem wir jeden seiner

Schritte dokumentieren, jeden Übergriff, jede Drohung. Die Beweise, die wir haben...»

Die Tür des Cafés öffnete sich. Zain erwartete Jay, aber stattdessen betrat ein Mann im teuren Anzug den Raum. Zwei weitere folgten ihm.

Mira erstarrte.

«Das... das ist einer von denen, die bei mir waren...»

Zain spürte, wie sich sein Magen verkrampfte. Sie hatten sie gefunden. Aber wie?

Sein Blick fiel auf den Barista hinter der Theke, der hastig wegsah.

Sie waren direkt in eine Falle gelaufen.

«Guten Morgen», sagte eine kultivierte Stimme von der Tür her. «Ich hoffe, ich störe Ihre kleine... Versammlung nicht.»

Zain drehte sich langsam um. Der Mann, der dort stand, passte perfekt zu der Stimme - groß, schlank, graue

Schläfen, maßgeschneiderter Anzug. Viktor Reichert persönlich.

«Was wollen Sie?», fragte Zain und war stolz darauf, wie fest seine Stimme klang.

«Eine zivilisierte Unterhaltung.» Reichert lächelte, aber seine Augen blieben kalt. «Darf ich mich setzen?»

Er wartete keine Antwort ab, sondern zog sich einen Stuhl heran. Seine Begleiter postierten sich strategisch im Raum - einer an der Tür, einer in der Nähe der Theke.

«Ich muss sagen, ich bin enttäuscht.» Reichert faltete seine Hände auf dem Tisch. «Wir hätten das alles so viel... eleganter regeln können.»

«Durch Erpressung? Durch Brandstiftung?» Miras Stimme zitterte vor Wut.

«Geschäft ist Geschäft.» Reichert zuckte mit den Schultern. «Manchmal braucht es... Anreize.»

«Sie nennen das Anreize?» Zain beugte sich vor. «Sie zerstören Existenzen!»

«Ich schaffe Ordnung.» Reicherts Lächeln wurde härter. «Diese Straße, dieses Viertel - es hat Potenzial. Aber dafür braucht es eine... koordinierte Führung.»

«Sie meinen eine kriminelle Organisation.»

«So melodramatisch, Herr Malik.» Reichert schüttelte den Kopf. «Apropos - wie geht es eigentlich Ihrem... Freund? Kjell Jespersen, nicht wahr?»

Zains Blut gefror. Das musste Jays vollständiger Name sein. Sara griff unter dem Tisch nach seiner Hand.

«Oh ja, ich weiß alles über ihn.» Reichert lehnte sich zurück. «Brillanter Soldat. Einer der Besten beim KSK. Es wäre... bedauerlich, wenn seine Karriere durch eine unbedachte Verbindung gefährdet würde.»

«Lassen Sie ihn da raus», zischte Zain.

«Das liegt ganz bei Ihnen.» Reichert stand auf. «Sie haben vierundzwanzig Stunden. Übergeben Sie mir den USB-

Stick, unterschreiben Sie die Verkaufs-
papiere - alle von Ihnen - und diese
unerfreuliche Situation ist beendet.»

«Und wenn nicht?»

«Dann... » Reichert lächelte wieder
dieses kalte Lächeln. «Nun, lassen Sie
uns sagen, Brandstiftung wäre dann Ihr
geringstes Problem. Fragen Sie Weber,
er weiß, wozu ich fähig bin.»

Die Tür des Cafés flog auf. Jay stand im
Eingang, eine Hand unter seiner Jacke,
wo Zain seine Waffe vermutete.

«Ah, da ist er ja.» Reichert nickte Jay zu.
«Wir sprachen gerade von Ihnen.»

«Verschwinden Sie», sagte Jay mit
gefährlich ruhiger Stimme.

«Natürlich.» Reichert knöpfte sein
Jackett zu. «Denken Sie an meine
Worte. Vierundzwanzig Stunden.»

Er ging zur Tür, hielt neben Jay inne.

«Sie wissen, dass Sie keine Chance
haben, oder? Weber hat es auch nicht
geschafft. Und er hatte mehr zu ver-

lieren als Sie. Ach, und die Polizei hier? Die gehört mir.»

Dann war er weg, seine Männer folgten ihm wie Schatten.

Jay war sofort bei Zain.

«Bist du okay? Was hat er gesagt?»

Zain konnte nur nicken. Die anderen saßen wie versteinert.

«Er weiß alles», flüsterte Sara. «Über uns, über dich, über… »

«Natürlich weiß er das.» Jay zog sein Handy hervor. «Weber hatte Recht. Er nutzt seine militärische Ausbildung. Wahrscheinlich hat er uns alle überwachen lassen.»

«Was machen wir jetzt?», fragte Mira leise.

Zain sah zu Jay, dann zu den anderen.

«Wir haben vierundzwanzig Stunden. Dann will er den Stick und unsere Unterschriften.»

«Oder?»

«Oder er macht ernst.» Zain holte tief Luft. «Die Frage ist: Geben wir auf?»

Eine lange Stille folgte. Jay trat näher, seine Hand fand Zains Schulter.

«Nein», sagte Kemal plötzlich. «Genug ist genug. Mein Vater hat unser Restaurant nicht aufgebaut, damit irgendein Gangster es sich unter den Nagel reißt.» Einer nach dem anderen nickten die anderen.

«Okay.» Jay drückte Zains Schulter. «Dann nutzen wir diese vierundzwanzig Stunden. Weber muss sofort informiert werden. Und ihr alle…» Er sah in die Runde. «Ihr kommt unter Schutz. Sofort.»

«Wo?»

«Das Phoenix», sagte Sara. «Die Bar ist groß genug. Und gemeinsam sind wir sicherer als allein.»

Jay nickte.

«Ich organisiere Überwachung. Diesmal unterschätzen wir ihn nicht.»

Als sie aufbrachen, zog Jay Zain zur Seite. «Es war dumm, das Hotel zu verlassen.»

«Ich weiß. Tut mir leid.»

«Nein.» Jay lehnte seine Stirn gegen Zains. «Mir tut es leid. Ich hätte wissen müssen, dass du nicht untätig bleiben kannst. Das ist einer der Gründe, warum ich… » Er brach ab.

«Warum du was?»

Jay küsste ihn, kurz aber intensiv.

«Warum ich mich in dich verliebt habe.»

Die Worte hingen zwischen ihnen, während draußen der Tag erwachte. Sie hatten vierundzwanzig Stunden.

Der Countdown hatte begonnen.

Der Plan

Das Phoenix hatte sich in eine Festung verwandelt. Tische wurden zu provisorischen Schlafplätzen umfunktioniert, Vorhänge zugezogen. Sara verteilte Kaffee, während Marco - in Zivil - diskret die Eingänge überwachte.

Zain stand hinter der Bar und beobachtete die Szene. Mira lag zusammengerollt auf einer Bank, erschöpft von stundenlangem Weinen über ihre zerstörte Weinhandlung. Kemal telefonierte leise mit seiner Familie, versicherte ihnen, dass alles in Ordnung sei.

Die anderen dösten oder starrten ins Leere.

«Hier.» Sara drückte ihm eine Tasse in die Hand. «Du siehst aus, als könntest du das brauchen.»

«Danke.» Er nahm einen Schluck, spürte kaum den Geschmack. «Das ist alles meine Schuld, oder? Wenn ich einfach verkauft hätte… »

«Hör auf.» Sara lehnte sich neben ihn. «Du hast uns allen Mut gemacht. Zum ersten Mal seit Monaten fühle ich mich nicht mehr hilflos.»

Jay kam von seiner Kontrollrunde zurück, nickte Marco zu und kam zur Bar. Die Art, wie sein Blick sofort zu Zain wanderte, wie seine Schultern sich minimal entspannten, als ihre Augen sich trafen - es war so offensichtlich, dass Sara leise schnaubte.

«Ich geh mal… irgendwohin», murmelte sie und verschwand.

«Weber schickt zwei weitere Teams», sagte Jay leise. «Sie überwachen alle Zugänge. Niemand kommt hier rein, ohne dass wir es wissen.»

Zain nickte.

Er wollte etwas sagen, irgendetwas, aber die Worte blieben ihm im Hals stecken.

«Hey.» Jay lehnte sich über die Bar, seine Stimme kaum mehr als ein Flüstern. «Woran denkst du gerade?»

«An das, was du vorhin gesagt hast. Im Café.» Zain sah auf seine Hände. «Das mit dem Verliebtsein.»

«Ah.» Jay wurde still. «Zu früh?»

«Nein.» Zain hob den Blick, sah in diese unglaublich blauen Augen. «Perfektes Timing eigentlich. Kurz bevor wir alle draufgehen könnten.»

«Das war nicht witzig.»

«War auch nicht als Witz gemeint.» Zain stellte seine Tasse ab.

«Jay, falls das hier schiefgeht… »

«Wird es nicht.»

«Falls doch.» Er holte tief Luft. «Ich will, dass du weißt… dass ich auch… also… »

Jay griff über die Bar, zog ihn zu sich.

Der Kuss war sanft, fast keusch, aber er sagte alles, was Zain nicht in Worte fassen konnte.

«Ich weiß», murmelte Jay gegen seine Lippen.

Ein Räuspern ließ sie auseinanderfahren. Marco stand da, ein schiefes Grinsen im Gesicht.

«Sorry, Leute, aber wir haben Bewegung draußen. Ein schwarzer Van, zwei Blocks entfernt.»

Jay war sofort wieder der Soldat. «Überwachung oder Angriff?»

«Sieht nach Überwachung aus. Zwei Männer, professionelle Ausrüstung.»

«Reichert will wissen, ob wir zusammenbleiben», sagte Zain. «Ob wir aufgeben.»

«Soll er ruhig zusehen.» Jay überprüfte seine Waffe. «Je mehr er sich in Sicherheit wiegt, desto besser.»

«Dein Chef - Weber», Zain zögerte. «Er kennt Reichert. Da ist mehr als nur eine alte Militärgeschichte, oder?»

Ein Schatten huschte über Jays Gesicht. «Ja. Aber das ist seine Geschichte, die er selbst erzählen sollte.»

Als hätten sie ihn heraufbeschworen, öffnete sich die Tür und Weber trat ein. Sein Gesichtsausdruck ließ alle verstummen.

«Es wird Zeit», sagte er, «dass Sie die ganze Geschichte erfahren.»

Weber nahm einen Schluck von dem Whiskey, den Zain ihm eingeschenkt hatte. Die Bar war still geworden, alle Augen auf ihn gerichtet.

«Es war 2004», begann er. «Reichert und ich leiteten gemeinsam eine Spezialeinheit. Er war mein bester Freund, der Pate meiner Tochter.» Seine Stimme wurde rau. «Wir untersuchten eine Serie von Überfällen auf Geschäfte in Frankfurt. Das Muster war immer gleich - erst kamen Drohungen, dann ‚Unfälle‘, schließlich verkauften die Besitzer. Günstig.»

Jay setzte sich neben Zain, ihre Schultern berührten sich leicht.

«Eines Tages», fuhr Weber fort, «fand ich Unstimmigkeiten in den Berichten.

Gelder, die verschwanden, Beweise, die sich in Luft auflösten.» Er lachte bitter. «Ich war so naiv. Ging zu Viktor, wollte mit ihm darüber reden. Mann zu Mann.»

«Er war involviert», sagte Mira leise.

Weber nickte. «Nicht nur involviert. Er war der Kopf der Operation. Hatte das System perfektioniert - militärische Präzision, kombiniert mit krimineller Energie.» Er starrte in sein Glas. «Als ich drohte, ihn zu melden, wurde er... anders. Ich erkannte meinen Freund nicht wieder.»

Seine Hand zitterte leicht, als er den Rest des Whiskeys trank.

«Was ist passiert?», fragte Zain, obwohl er die Antwort fürchtete.

«Eines Nachts, als ich von einer Mission zurückkam... » Weber schloss kurz die Augen. «Mein Haus stand in Flammen. Meine Frau... meine kleine Sophie... sie hatten keine Chance.»

Die Stille in der Bar wurde erdrückend.

Sara schluchzte leise.

«Die offizielle Untersuchung ergab einen elektrischen Defekt.» Webers Stimme war jetzt hart. «Reichert hatte ein Alibi. Perfekt konstruiert, natürlich. Zwei Wochen später war er verschwunden, mit ihm mehrere Millionen aus verschiedenen Operationen.»

«Und jetzt macht er weiter», sagte Kemal. «Mit derselben Masche.»

«Nur größer. Professioneller.» Weber stand auf und trat ans Fenster.

Jay lehnte sich vor.

«Sir, wenn wir das beweisen können…»

«Können wir.» Weber drehte sich um. «Mit Ihrer Hilfe.» Sein Blick glitt über die versammelten Geschäftsleute. «Sie sind das, was er nicht einkalkuliert hat. Menschen, die sich wehren. Die zusammenhalten.»

«Wie lautet Ihr Plan?», fragte Zain.

Ein schmales Lächeln erschien auf Webers Gesicht.

«Wir geben ihm, was er will. Scheinbar.»

«Den USB-Stick?», fragte Mira.

«Und mehr.» Weber nickte ihr zu. «Sie werden zu ihm gehen. Werden vorgeben, die anderen verraten zu wollen. Nach dem Brand Ihrer Weinhandlung ist das glaubwürdig.»

«Eine Falle», murmelte Jay anerkennend.

«Genau.» Weber trat in die Mitte des Raums. «Er denkt, er kennt alle Spielzüge, weil er sie selbst entwickelt hat. Aber er hat eines nicht bedacht - ich habe zwanzig Jahre lang nichts anderes getan, als ihn zu studieren. Ich kenne jeden seiner Schritte.»

«Und wenn es schiefgeht?», fragte Kemal.

«Dann... » Weber sah jeden Einzelnen an. «Dann sorge ich dafür, dass Sie alle in Sicherheit sind. Das bin ich Sophie schuldig.»

Zain spürte Jays Hand auf seinem Rücken, warm und beruhigend.

«Wir machen mit», sagte er fest. «Alle von uns. Richtig?»

Einer nach dem anderen nickten sie.

«Gut.» Weber zog sein Handy hervor. «Dann lasst uns anfangen. Wir haben nicht viel Zeit.»

Als die anderen sich um Weber sammelten, um die Details zu besprechen, drehte sich Jay zu Zain.

«Das wird gefährlich», sagte er leise.

«Ich weiß.» Zain lehnte sich an ihn. «Aber zum ersten Mal habe ich das Gefühl, dass wir eine Chance haben.»

Draußen fuhr der schwarze Van vorbei, eine stumme Erinnerung an die Bedrohung.

Aber hier drinnen, in der warmen Atmosphäre der Bar, mit Jay an seiner Seite und einem Plan in der Tasche, fühlte Zain zum ersten Mal seit Tagen so etwas wie Hoffnung.

«Noch einmal», sagte Jay und breitete den Lageplan auf der Bar aus. «Mira, Sie gehen um zwanzig Uhr zu Reicherts Büro.»

Mira nickte, ihre Hände zitterten nur noch leicht. Die letzten Stunden hatten sie alle damit verbracht, jeden Schritt durchzugehen.

«Der gefälschte USB-Stick enthält nur einen Teil der echten Beweise», fuhr Jay fort. «Genug, um glaubwürdig zu sein, aber nicht alles. Sie erzählen ihm, dass die anderen den Rest als Versicherung behalten.»

«Das wird ihn gierig machen», sagte Weber. «Er wird mehr wollen.»

«Genau darauf setzen wir.» Zain beugte sich über den Plan. «Er wird ein Treffen vorschlagen. Mit allen.»

«Und dann schlagen wir zu», schloss Marco.

Er und zwei weitere Teammitglieder waren inzwischen eingeweiht.

Zain beobachtete, wie Jay die letzten Details mit seinem Team besprach. Die konzentrierte Art, wie er Anweisungen gab, die natürliche Autorität in seiner Haltung - es war eine andere Seite von ihm, faszinierend und irgendwie sexy.

«Erde an Zain», murmelte Sara neben ihm. «Hör auf zu sabbern und konzentrier dich.»

Er wollte gerade protestieren, als ein Geräusch von der Hintertür sie alle erstarren ließ.

Jay hatte seine Waffe bereits gezogen, Marco flankierte die Tür.

«Drei Personen», formte Weber lautlos mit den Lippen.

Die Tür flog auf.

Alles passierte gleichzeitig.

Marco wurde zur Seite gestoßen, zwei Männer stürmten herein. Jay schoss - ein Warnschuss über ihre Köpfe.

«Runter!», brüllte er.

Zain duckte sich hinter die Bar, zog Sara mit sich. Gläser zerbarsten über ihnen. Ein Kampf brach aus. Jay gegen einen der Eindringlinge, Marco gegen den anderen. Weber dirigierte die Zivilisten in Deckung.

«Reichert weiß Bescheid!», rief einer der Männer. «Er lässt ausrichten-»

Der Rest ging in einem Schmerzensschrei unter, als Jay ihn zu Boden rang.

Zain spähte über die Bar. Jay hatte die Situation unter Kontrolle, aber sein T-Shirt war zerrissen, Blut sickerte aus einer Platzwunde an seiner Stirn.

Ohne nachzudenken, sprang Zain auf, wollte zu ihm. In diesem Moment tauchte der dritte Mann auf - direkt hinter Jay.

«Pass auf!», schrie Zain.

Jay wirbelte herum, zu spät. Der Mann holte aus…

Zain reagierte instinktiv.

Die schwere Whiskeyflasche in seiner Hand traf den Angreifer am Kopf. Er ging zu Boden wie ein nasser Sack.

Stille.

«Scheiße», sagte Marco anerkennend.

Jay war sofort bei Zain. «Bist du okay?»

«Ich? Du blutest!»

«Nur ein Kratzer.» Jay zog ihn an sich, ignorierte die anderen um sie herum.

«Das war dumm. Mutig, aber dumm.»

«Hab ich von dir gelernt», murmelte Zain gegen seine Schulter.

Weber unterbrach sie, während Marco und sein Team die Eindringlinge fesselten.

«Sie leben noch. Gut. Die können uns vielleicht ein paar Fragen beantworten.»

Einer der Männer lachte schwach.

«Ihr seid tot. Alle. Reichert… er weiß von eurem Plan. Von allem.»

Jay fluchte leise.

«Wir müssen den Plan ändern. Sofort.»

«Nein.»

Alle drehten sich zu Mira um. Sie stand zitternd da, aber ihre Stimme war fest.

«Wir ziehen es durch. Er soll denken, er hätte gewonnen.»

«Zu riskant», sagte Weber.

«Nein, sie hat Recht.» Zain trat vor, Jays Hand noch immer in seiner. «Reichert ist arrogant. Wenn er denkt, er hätte uns durchschaut, wird er unvorsichtig.»

Eine intensive Diskussion entbrannte. Am Ende stand ein neuer Plan - riskanter als der erste, aber vielleicht ihre einzige Chance.

«Das könnte uns alle das Leben kosten», warnte Weber.

Zain sah zu Jay, der seine Hand drückte, dann nickte er Weber zu.

«Okay.» Weber nickte grimmig zurück. «Dann lasst es uns tun.»

Die gefesselten Männer wurden abtransportiert, die Spuren des Kampfes beseitigt. Als wieder Ruhe einkehrte, zog Jay Zain zur Seite.

«Komm mit», sagte er leise. «Wir müssen reden.»

Sie gingen nach oben in Zains kleine Wohnung über der Bar. Kaum war die

Tür zu, hatte Jay ihn gegen die Wand gedrängt, küsste ihn hart und verzweifelt.

«Nie wieder», murmelte er zwischen Küssen. «Bring dich nie wieder so in Gefahr.»

«Kann ich nicht versprechen», keuchte Zain. «Nicht solange du auch in Gefahr bist.»

Jay löste sich von ihm, lehnte seine Stirn gegen Zains.

«Was mache ich nur mit dir?»

Die Nacht war über Berlin hereingebrochen, als Jay und Zain in Jays Hotelzimmer ankamen. Weber hatte darauf bestanden, dass sie sich aufteilen sollten - schwerer zu überwachen, schwerer anzugreifen.

«Seltsam», sagte Zain und ließ sich aufs Bett fallen. «Vor drei Tagen saß ich hier und hatte Angst, dich zu küssen. Jetzt habe ich Angst vor ganz anderen Dingen.»

Jay trat ans Fenster, kontrollierte zum dritten Mal die Straße. Seine Silhouette zeichnete sich scharf gegen das Neonlicht der Stadt ab.

«Bereust du es?», fragte er, ohne sich umzudrehen.

«Was genau? Dich zu küssen? Oder Reichert die Stirn zu bieten?»

«Beides. Alles.» Jay drehte sich um. Die Platzwunde an seiner Stirn hatte aufgehört zu bluten, würde aber eine Narbe hinterlassen. «Dein Leben war viel einfacher vor mir.»

Zain stand auf, trat zu ihm.

«Einfacher ja. Aber nicht besser.»

Er strich sanft über die Wunde an Jays Stirn. Jay fing seine Hand ein, küsste seine Handfläche.

«Wenn das hier vorbei ist… », begann Jay.

«Falls wir überleben, meinst du?»

«Wenn.» Jay betonte das Wort. «Wenn das hier vorbei ist, was dann?»

Zain hatte sich diese Frage auch schon gestellt. «Du gehst zurück zur Basis.»

«Ja.»

«Und ich baue mein Restaurant auf.»

«Ja.»

Sie sahen sich an, die unausgesprochene Frage zwischen ihnen hängend.

«Berlin ist nur vier Stunden von der Basis entfernt», sagte Zain schließlich.

«Mit dem Zug», ergänzte Jay. «Drei mit dem Auto.»

«Wochenenden sind eine Sache.»

«Und manchmal hab ich längeren Urlaub.»

Sie lächelten beide über diesen vorsichtigen Tanz um die Zukunft.

«Es wird nicht einfach», warnte Jay.

«Nichts Gutes ist einfach.» Zain lehnte sich an ihn. «Aber ich würde es wieder tun. Alles.»

Jay wollte etwas erwidern, als sein Handy vibrierte. Gleichzeitig piepte Zains. Und noch einmal. Und noch einmal.

Sie zogen ihre Handys hervor. Dieselbe Nachricht, an alle geschickt.

«Zeit läuft schneller als gedacht. Zwölf Stunden. Tick tack.»

Darunter ein Foto: Miras ausgebrannte Weinhandlung. Darüber sprühte jemand in roter Farbe: «Wer ist der Nächste?»

«Er will uns nervös machen», sagte Jay, aber seine Stimme klang angespannt.

«Es funktioniert.»

Sie standen da, in der relativen Sicherheit des Hotelzimmers, während draußen die Stadt sich drehte, ahnungslos gegenüber dem Drama, das sich in ihren Straßen abspielte.

«Komm her», sagte Jay plötzlich und zog Zain zum Bett. «Wir sollten schlafen. Die nächsten zwölf Stunden werden hart.»

Sie legten sich hin, vollständig angezogen, bereit für alles. Jay zog Zain an sich, ein schützender Arm um seine Mitte.

«Jay?»

«Hmm?»

«Ich liebe dich auch. Falls… falls wir keine Chance mehr haben, das zu sagen.»

Jay drückte ihn fester an sich.

«Wir werden eine Chance haben. Morgen. Und übermorgen. Und an jedem verdammten Tag danach.»

Zain lächelte in die Dunkelheit.

«Ist das ein Versprechen?»

«Ja.» Jay küsste seinen Nacken. «Und ich halte meine Versprechen.»

Sie schliefen ein, eng umschlungen, während Reicherts Nachricht auf ihren Handys leuchtete und der Countdown weiterlief.

Zwölf Stunden bis zur Konfrontation.

Zwölf Stunden, die über alles entscheiden würden.

Der Morgen würde kommen, ob sie bereit waren oder nicht.

Zwölf Stunden

Die Morgendämmerung kroch gerade erst über die Dächer Berlins, als sich die Gruppe im Phoenix versammelte. Sara verteilte Kaffee mit zitternden Händen - niemand hatte in dieser Nacht viel geschlafen.

«Elf Stunden und siebenunddreißig Minuten», sagte Mira und starrte auf ihr Handy. Ihre Augen waren gerötet, die Finger verkrampft um die Kaffeetasse. «Was, wenn ich das nicht kann?»

«Sie können», sagte Weber fest.

Er stand am Fenster, die Haltung militärisch gerade, aber Zain bemerkte die Erschöpfung in seinen Augen. «Sie müssen nur lange genug durchhalten, bis...»

Sein Handy klingelte.

Das Gespräch war kurz, aber Webers Gesicht verdunkelte sich mit jedem Wort.

«Schlechte Nachrichten?», fragte Jay. Er lehnte an der Bar neben Zain, ihre Schultern berührten sich leicht. Diese kleine Verbindung war im Moment Zains einziger Anker.

«Reichert hat seine Kontakte aktiviert.» Weber steckte das Handy weg. «Drei Streifenwagen patrouillieren ‚zufällig‘ in der Gegend. Offizielle Begründung: erhöhte Einbruchsgefahr.»

«Er will uns einschüchtern», sagte Kemal. «Uns zeigen, wie viel Macht er hat.»

«Nicht nur das.» Jay richtete sich auf. «Er will uns auch überwachen. Die Streifen werden jede verdächtige Bewegung melden.»

Marco, der gerade hereinkam, nickte grimmig.

«Zwei Mann pro Wagen. Professionelle Überwachungsausrüstung. Die spielen nicht.»

Zain spürte, wie sich die Anspannung im Raum verdichtete. Mira begann leise zu weinen.

«Ich kann das nicht», schluchzte sie. «Er wird es merken. Er wird wissen, dass ich lüge, und dann… »

«Hey.» Sara war sofort bei ihr, legte einen Arm um ihre Schultern. «Du schaffst das. Wir alle schaffen das.»

Aber Zain sah die Zweifel in den Gesichtern der anderen. Der Plan hing davon ab, dass Mira überzeugend spielte. Wenn sie zusammenbrach…

«Vielleicht sollten wir… » begann Kemal.

«Nein.» Jays Stimme schnitt durch den Raum. «Wir ändern nichts. Je mehr wir improvisieren, desto größer die Fehlerquote.»

Weber nickte.

«Jespersen hat Recht. Wir bleiben beim Plan. Frau Keller?» Er wartete, bis Mira aufsah. «Denken Sie an Ihre Weinhandlung. An alles, was Sie aufgebaut haben. Nutzen Sie die Wut, die Angst. Machen Sie sie zu Ihrer Waffe.»

Mira wischte sich über die Augen und nickte langsam.

«Gut.» Weber wandte sich an die anderen. «Die nächsten Stunden sind kritisch. Keiner verlässt die Bar ohne Begleitung. Handys bleiben hier - Reichert könnte sie orten.»

«Sir?» Marco deutete auf seinen Bildschirm. «Die Streifen haben ihre zweite Runde begonnen. Sie fahren engere Kreise.»

Weber fluchte leise. «Sie suchen nach unseren Leuten. Jespersen, ändern Sie die Positionen. Nutzen Sie die Dächer. Ich versuche, das Hauptquartier noch einmal zu erreichen. Kann doch nicht sein, dass sie nicht eingreifen wollen, wenn die Polizei uns auf der Nase rumtanzt.»

Jay drückte kurz Zains Hand und ging dann mit Marco nach draußen. Die anderen begannen, die Bar für den normalen Tagesbetrieb vorzubereiten - sie mussten den Anschein von Normalität wahren.

Zain blieb allein an der Bar zurück, beobachtete, wie seine Welt sich in ein Schlachtfeld verwandelte. Irgendwo da draußen saß Reichert und zog die Fäden, spielte mit ihnen allen wie mit Marionetten.

«Keine Angst», sagte Weber plötzlich neben ihm. «Jay weiß, was er tut.»

«Das ist es nicht.» Zain rieb sich über die Augen. «Was ist, wenn wir alles nur schlimmer machen? Wenn am Ende… »

«Wenn am Ende was? Reichert gewinnt? Das tut er sowieso, wenn wir nichts unternehmen.» Weber legte eine Hand auf Zains Schulter. «Manchmal muss man kämpfen. Auch wenn die Chancen schlecht stehen.»

Draußen heulte eine Polizeisirene auf.

Mira zuckte zusammen, aber ihre Augen waren jetzt hart, entschlossen.

Elf Stunden und drei Minuten.

Der Countdown lief.

Jay bewegte sich vorsichtig über das Dach des Nachbargebäudes, während er die Wanzen installierte. Die Technik war hochmodern - klein genug, um praktisch unsichtbar zu sein, stark genug, um jedes Gespräch in der Straße aufzuzeichnen.

«Noch einen Meter nach links», kam Marcos Stimme über das Headset. «Perfekte Position für den Eingang von Reicherts Büro.»

Die Sonne stand jetzt höher, machte die Arbeit riskanter. Jeder auf der Straße könnte nach oben sehen und…

«Streifenwagen nähert sich», warnte Marco. «Duck dich.»

Jay presste sich flach aufs Dach, das raue Material kratzte durch sein T-Shirt. Unten fuhr langsam der Polizeiwagen vorbei.

«Sie haben Richtmikrofone», murmelte er, als das Auto außer Sicht war.

«Professionelles Zeug. Das sind keine normalen Streifen.»

«Ehemalige Militärs», bestätigte Weber über Funk. «Ich hab die Dienstpläne überprüft. Reichert hat seine Leute strategisch in verschiedene Einheiten eingeschleust. Im Hauptquartier sind sie der Meinung, Reichert müsse erst überführt werden, bevor auch bei der Polizei aufgeräumt wird.»

Jay fluchte leise.

Das erklärte einiges - die präzise Überwachung, die koordinierten Bewegungen. Sie hatten es mit Profis zu tun.

Als er zurück zur Bar kam, fand er Zain in ein intensives Gespräch mit Weber vertieft.

Etwas in Zains Gesichtsausdruck ließ ihn innehalten.

«Es war nicht nur die Brandstiftung, oder?», fragte Zain gerade. «Zwischen Ihnen und Reichert. Da war mehr.»

Weber starrte in seine Kaffeetasse. «Sophie… meine Tochter. Sie war sein

Patenkind. Hat ihn vergöttert.» Er lachte bitter. «An dem Abend des Feuers… sie hatte ihn angerufen, wollte, dass er zum Essen kommt. Er sagte ab. Wusste, was passieren würde.»

«Jesus», murmelte Jay.

Beide Männer drehten sich zu ihm um.

«Ah, Jespersen.» Weber straffte sich. «Wie sieht's aus?»

«Wanzen sind platziert. Aber… » Jay zögerte. «Es ist schlimmer als gedacht. Die haben die ganze Straße unter Kontrolle. Professionelle Überwachung, koordinierte Bewegungen. Als würden sie einen militärischen Einsatz durchführen.»

«Das tun sie auch», sagte Weber grimmig. «Viktor führt Krieg. Gegen mich. Gegen uns alle.»

«Aber warum?» Zain lehnte sich vor. «Das hier ist mehr als nur Geschäft. Es ist… persönlich.»

Weber schwieg lange.

«Vor zwanzig Jahren», sagte er schließlich, «hatte ich die Chance, ihn zu erschießen. Es wäre als Notwehr durchgegangen. Aber ich… ich konnte nicht. Er war mein Freund, Sophies Pate.» Seine Stimme wurde hart. «Dieser Fehler kostete meine Familie das Leben.»

«Und jetzt?», fragte Jay leise.

«Jetzt will er beweisen, dass er Recht hatte. Dass jeder einen Preis hat, dass Loyalität nichts bedeutet.» Weber sah Zain an. «Als Sie sich weigerten zu verkaufen, wurden Sie zu einer persönlichen Herausforderung. Sie erinnern ihn an mich - den Mann, der nein sagte.»

Jays Hand fand automatisch Zains Schulter, drückte sie leicht.

«Sir», Marcos Stimme kam über das Headset, «wir haben Bewegung. Einer von Reicherts Männern verlässt das Büro. Kommt in unsere Richtung.»

Sie sahen durch das Fenster, wie ein Mann in teurem Anzug die Straße überquerte. Zielstrebig. Direkt auf das Phoenix zu.

«Showtime», murmelte Weber.

Die Tür öffnete sich. Der Mann - groß, grau, gesichtslos wie ein Bürokrat - trat ein.

«Herr Malik?» Seine Stimme war so farblos wie seine Erscheinung. «Herr Reichert möchte Sie sprechen. Allein. Jetzt sofort.»

Die Temperatur im Raum schien zu fallen. Jay spürte, wie sich seine Finger um Zains Schulter verkrampften.

«Das war nicht die Abmachung», sagte Weber scharf.

Der Mann lächelte dünn.

«Die Abmachung hat sich geändert. Herr Malik? Ihre Entscheidung.»

Zain stand auf.

«Ich gehe.»

«Nein.» Jay trat vor. «Das ist zu riskant.»

Aber in Zains Augen sah er bereits die Entscheidung. Den gleichen Ausdruck, den er damals in der Bar gesehen hatte, als Zain sich weigerte aufzugeben.

Der Countdown zeigte zehn Stunden und siebzehn Minuten.

Zeit für einen neuen Plan.

«Du kannst nicht einfach da rein spazieren», zischte Jay, nachdem sie sich in den kleinen Büroraum der Bar zurückgezogen hatten. Reicherts Mann wartete draußen, seine bloße Anwesenheit war wie ein Countdown.

«Doch, kann ich.» Zain packte seine Tasche aus, holte den gefälschten USB-Stick hervor. «Das ist unsere Chance. Er fühlt sich überlegen, denkt, er hätte die Kontrolle…»

«Er HAT die Kontrolle!» Jay fuhr sich frustriert durchs Haar. «Das ist eine Falle, und du läufst mit offenen Augen rein.»

«Vielleicht. Aber manchmal muss man die Falle, zuschnappen lassen, um Erfolg zu haben.»

«Das ist Wahnsinn.» Jay packte Zains Arm. «Hör mir zu. Dieser Mann... du weißt, wozu er fähig ist. Webers Familie...»

«Ich weiß.» Zain legte seine Hand über Jays. «Aber genau deswegen muss es enden. Hier und jetzt.»

Sie starrten sich an, beide unwillig nachzugeben. Durch die geschlossene Tür hörten sie das gedämpfte Gemurmel der anderen, die nervöse Spannung fast greifbar.

«Wenn du da rein gehst», sagte Jay schließlich, seine Stimme rau, «kann ich dich nicht beschützen.»

«Das musst du auch nicht.» Zain trat näher, bis sie sich fast berührten. «Jay, verstehst du nicht? Das ist der Grund, warum ich mein Restaurant nicht verkauft habe. Warum ich nicht aufgegeben habe. Manchmal muss man für das kämpfen, was einem wichtig ist.»

«Auch wenn es dein Leben kostet?»

«Besonders dann.»

Jay schloss die Augen, lehnte seine Stirn gegen Zains.

«Du bist so verdammt stur.»

«Auch das habe ich von dir gelernt.»

Ein schwaches Lächeln huschte über Jays Gesicht. «Das ist nicht fair.»

«Nichts hiervon ist fair.» Zain küsste ihn sanft. «Aber ich habe einen Plan.»

«Natürlich hast du das.» Jay seufzte. «Lass mich raten – einen wahnsinnigen, gefährlichen Plan?»

«Den besten Plan.» Zain grinste plötzlich. «Immerhin bin ich mit einem Elitesoldaten zusammen. Da lernt man so einiges über Taktik.»

«Zain… »

«Vertrau mir.»

Diese zwei Worte, so simpel und doch so bedeutungsschwer.

Jay öffnete die Augen wieder, studierte Zains Gesicht.

«Weber wird das nie zulassen.»

«Weber weiß, dass wir keine andere Wahl haben.» Zain trat zurück, wurde ernst. «Reichert erwartet, dass ich nachgebe. Dass ich, wie alle anderen, einen Preis habe. Aber was er nicht versteht…» Er holte tief Luft. «Was er nie verstanden hat, ist, dass es Dinge gibt, die wichtiger sind als Geld oder Sicherheit.»

«Wie die Liebe?», fragte Jay leise.

«Wie die Liebe.» Zain lächelte. «Wie ein sturer Soldat, der sein Leben riskiert, um einen verrückten Barbesitzer zu beschützen. Wie eine Gruppe von Menschen, die zusammenhält, obwohl alles dagegen spricht.»

Jay starrte ihn lange an. Dann, mit einer flüssigen Bewegung, zog er seine Ersatzwaffe aus dem Knöchelholster.

«Wenn du schon in die Höhle des Löwen gehst», sagte er und drückte sie

Zain in die Hand, «dann wenigstens bewaffnet.»

«Du weißt, dass ich damit nicht umgehen kann.»

«Doch, kannst du. Ich hab gesehen, wie du diese Whiskeyflasche geworfen hast.» Jay grinste schwach. «Gleiches Prinzip, nur lauter.»

Die Tür öffnete sich. Weber stand dort, sein Gesicht ernst.

«Zeit», sagte er nur.

Zain nickte, steckte die Waffe ein. An der Tür drehte er sich noch einmal um.

«Jay?»

«Ja?»

«Wenn das hier vorbei ist… reden wir über unsere Zukunft. Gemeinsam.»

«Deal.» Jay schluckte schwer. «Aber dafür musst du lebend zurück-kommen.»

«Versprochen.»

Dann war er weg, folgte Reicherts Mann in die Morgensonne hinaus. Jay sah ihm nach, sein Herz schwer wie Blei.

«Er schafft das», sagte Weber leise neben ihm.

«Ich weiß», sagte Jay. «Das macht es nicht leichter.»

Der Countdown zeigte neun Stunden und vierundvierzig Minuten.

Eine halbe Stunde war vergangen. Jay stand am Fenster der Bar, die Augen auf das Gebäude gegenüber gerichtet, wo irgendwo hinter getönten Scheiben Zain Reichert gegenübersaß.

«Lebenszeichen sind stabil», meldete Marco über Funk. Der winzige Sender in Zains Uhr übermittelte kontinuierlich seine Herzfrequenz. «Leicht erhöht, aber nichts Besorgniserregendes.»

Jay nickte stumm. Die Waffe an seinem Gürtel fühlte sich schwerer an als sonst. Eine Waffe, die er nicht benutzen konnte, nicht ohne Zain zu gefährden.

«Sie haben die Sender noch nicht gefunden», sagte Weber, der neben ihn getreten war. «Das ist ein gutes Zeichen.»

«Oder sie wissen davon und spielen mit uns.»

Weber schwieg einen Moment.

«Sie lieben ihn wirklich, oder?»

Die direkte Frage überraschte Jay.

«Ja», sagte er schließlich. «Auch wenn das alles noch komplizierter macht.»

«Im Gegenteil.» Weber lächelte dünn.

«Es macht alles klarer. Wissen Sie, warum ich damals versagt habe? Weil ich zu lange gezögert habe. Zu lange zwischen Pflicht und Gefühl schwankte.»

«Und jetzt?»

«Jetzt sehe ich einen Mann, der beides vereint.» Weber deutete auf das Gebäude. «Zain geht da nicht nur aus taktischen Gründen rein. Er geht rein, weil er an etwas glaubt. An Sie. An uns alle.»

Jays Handy vibrierte.

Eine Nachricht von einer unbekannten Nummer: «Er ist beeindruckend, Ihr junger Mann. Fast so stur wie Sie damals, Weber.»

Jays Finger verkrampften sich um das Telefon. «Er spielt mit uns.»

«Nein.» Weber las die Nachricht und lächelte plötzlich. «Er macht Fehler. Lässt sich provozieren. Das ist gut.»

Eine neue Nachricht erschien:

«Sollen wir wetten, wie lange er durchhält?.»

Dann, Sekunden später:

«Oder wollen Sie lieber selbst vorbeikommen, Jespersen? Ein Mann-zu-Mann- Gespräch?»

«Das ist es.» Weber packte Jays Arm. «Das ist Zains Plan. Er provoziert Reichert, macht ihn wütend, bringt ihn dazu, Fehler zu machen.»

Als hätte er die Worte gehört, sprang Zains Puls plötzlich in die Höhe.

«Verdammt», fluchte Marco. «Was auch immer da drin passiert… »

Die Tür der Bar flog auf. Sara stürzte herein, bleich im Gesicht.

«Polizei», keuchte sie. «Überall. Sie räumen die Straße!»

Weber riss sein Fernglas hoch. «Reichert macht Ernst. Er isoliert das Gebäude.»

«Dann müssen wir rein», sagte Jay und griff nach seiner Waffe. «Jetzt.»

«Warten Sie.» Weber legte eine Hand auf seinen Arm. «Sehen Sie.»

Durch die getönten Scheiben war eine Bewegung zu erkennen.

Zwei Gestalten, die aufstanden. Eine davon war Zain.

Jays Handy vibrierte ein letztes Mal: «Letzte Chance, Jespersen. Kommen Sie rüber. Ihr Freund hat eine… interessante Entscheidung getroffen.»

Jay sah zu Weber. Der alte Soldat nickte.

«Gehen Sie», sagte er. «Aber nicht durch die Vordertür. Marco?»

«Dach ist sicher. Ich bring Sie rüber.»

Jay checkte seine Waffe, dann den kleinen Sender, der Zains Herzschlag übermittelte. Noch immer erhöht, aber gleichmäßig.

«Das könnte eine Falle sein», warnte Weber.

«Ist es auch.» Jay ging zur Tür.

Er hörte noch, wie Weber leise lachte.

«Sie sind wirklich füreinander geschaffen.»

Draußen heulten Polizeisirenen.

Der Countdown zeigte acht Stunden und fünfzehn Minuten.

Zeit, sich Reichert in seinem Revier zu stellen.

Konfrontation

Viktor Reicherts Büro nahm die gesamte oberste Etage des Gebäudes ein. Bodentiefe Fenster boten einen spektakulären Blick über Berlin, teures Leder und dunkles Holz dominierten die Einrichtung. Eine perfekt komponierte Kulisse für einen Mann, der Macht liebte.

Zain saß in einem der schweren Ledersessel vor Reicherts massivem Schreibtisch. Seine Haltung war entspannt, fast lässig, aber Jay erkannte die kaum merkliche Anspannung in seinen Schultern.

«Ah, Herr Jespersen.» Reichert erhob sich, ein Lächeln auf seinem aristokratischen Gesicht. «Wie schön, dass Sie meiner Einladung folgen. Bitte, setzen Sie sich.»

Jay blieb stehen. Seine Augen scannten automatisch den Raum - zwei bewaffnete Männer an der Tür, einer am Fenster.

Reichert selbst trug seine Waffe unter dem maßgeschneiderten Jackett auf der rechten Seite.

«Sie haben ein Auge fürs Detail», bemerkte Reichert anerkennend. «Aber das war ja schon immer Ihre Stärke, nicht wahr? Bad Reichenhall. Ein brillanter Einsatz.»

Jay versteifte sich.

Diese Information war klassifiziert.

«Oh, ich weiß eine Menge über Sie.» Reichert setzte sich wieder, faltete die Hände auf dem Schreibtisch. «Kjell Jespersen. Geboren in Kopenhagen, aufgewachsen in Hamburg. Beste Noten bei der Ausbildung. Spezialisiert auf verdeckte Operationen und Nahkampf. Und... » Sein Lächeln wurde breiter. «Bis vor kurzem ein Musterbeispiel an Professionalität.»

«Was wollen Sie?», fragte Jay ruhig.

«Die Frage ist eher - was wollen Sie?» Reichert lehnte sich zurück. «Ein vielversprechender Soldat wie Sie, der plötzlich alles riskiert. Für was?» Er warf einen bedeutungsvollen Blick zu Zain. «Oder sollte ich fragen - für wen?»

«Lassen Sie die Spielchen», sagte Zain scharf. Seine Stimme klang fester, als Jay erwartet hatte. «Sie wissen genau, warum wir hier sind.»

«Ah ja. Der USB-Stick.» Reichert nahm das kleine Gerät vom Schreibtisch. «Faszinierend, was Sie alles gesammelt haben. Sehr… gründlich.» Er drehte den Stick in seinen Fingern. «Fast so gründlich wie Webers Ermittlungen damals.»

«Sie waren sein Freund», sagte Jay. «Sein bester Freund.»

«Ich war vieles.» Reicherts Augen wurden hart. «Aber vor allem war ich Soldat. Wie Sie. Ich habe gelernt, dass

Loyalität ein zweischneidiges Schwert ist.»

Er stand auf, trat ans Fenster. «Wissen Sie, was der Unterschied zwischen Ihnen und mir ist, Jespersen? Ich habe verstanden, dass man sich entscheiden muss. Entweder man folgt seinem Herzen… » Er deutete auf Zain. «Oder man folgt der Macht.»

«Und Sie haben sich für die Macht entschieden», sagte Zain verächtlich.

«Nein, junger Mann.» Reichert drehte sich um, sein Lächeln jetzt kalt. «Ich habe verstanden, dass Macht das Einzige ist, was zählt. Alles andere - Liebe, Loyalität, Freundschaft - das sind Schwächen. Hebel, ab denen man ansetzen kann.»

Jay spürte, wie sich sein Magen verkrampfte. Reichert sprach nicht mehr von Geschäften oder Immobilien.

Das hier war persönlich.

«Sie haben Ihre Familie verloren, oder?», fragte Zain plötzlich. «Bevor Sie zum Militär gingen. Deswegen glauben Sie das.»

Zum ersten Mal flackerte Reicherts Maske. Für einen kurzen Moment sah Jay etwas in seinen Augen - Schmerz? Wut? - dann war es wieder verschwunden.

«Interessante Theorie», sagte Reichert glatt. «Aber wir sind nicht hier, um über mich zu reden. Wir sind hier... » Er drückte einen Knopf auf seinem Schreibtisch. «...um eine Vorstellung zu geben.»

Die Tür öffnete sich. Webers Stimme drang herein: «Lass den Unsinn, Viktor. Es ist vorbei.»

Jay und Zain tauschten einen Blick. Das Spiel begann.

«Thomas.» Reichert breitete die Arme aus, als würde er einen alten Freund begrüßen. «Wie passend. Die ganze Familie ist zusammen.»

Weber blieb im Türrahmen stehen, seine Haltung angespannt wie eine

Feder kurz vor dem Sprung. «Lass die Theatralik, Viktor. Du weißt, warum ich hier bin.»

«Um alte Zeiten aufleben zu lassen?» Reichert griff nach einer kristallenen Karaffe. «Whiskey? Der gleiche, den wir damals… »

«An Sophies viertem Geburtstag getrunken haben?» Webers Stimme war wie Eis. «Bevor du sie umgebracht hast?»

Die Stille im Raum wurde greifbar.

Jay sah, wie Zains Hand sich um die Armlehne seines Sessels verkrampfte.

Reicherts Handy summte. Er las die Nachricht, ein feines Lächeln umspielte seine Lippen.

«Ah. Ihre kleinen Freunde im Phoenix werden langsam nervös. Die Polizei hat das Gebäude umstellt.»

«Ihre Polizei», korrigierte Jay scharf.

«Details.» Reichert winkte ab. «Wichtig ist nur: Sie sind hier, Ihre Freunde sind dort. Ziemlich… exponiert, würde ich sagen.»

Weber trat einen Schritt vor. Sofort hoben die Wachen ihre Waffen.

«Was willst du, Viktor?»

«Was ich will?» Reichert stellte sein Glas ab, jede Bewegung präzise kontrolliert. «Ich will, dass du siehst, wie alles zerfällt. Wie deine kleine Rebellion zusammenbricht. Wie deine… » Er warf einen bedeutungsvollen Blick zu Jay und Zain. «…Schützlinge lernen, dass es Dinge gibt, die stärker sind als Liebe.»

«Sie sind wahnsinnig», sagte Zain leise.

«Wahnsinn? Nein, junger Mann. Das ist Klarheit.» Reichert lehnte sich vor. «Wissen Sie, warum ich Sie beide hierher eingeladen habe? Weil Sie mich an etwas erinnern. An eine Zeit, als ich auch noch an solche Märchen glaubte. An Loyalität. An Liebe.» Er lachte kurz. «Thomas hier hat mir beigebracht, wie gefährlich solche Illusionen sind.»

«Ich habe dir vertraut», sagte Weber. «Du warst Sophies Pate.»

«Und das war dein Fehler.» Reicherts Stimme wurde hart. «Du hast Gefühle über Pflicht gestellt. Hast gezögert, als du hättest handeln müssen. Und jetzt?» Er deutete aus dem Fenster. «Jetzt machst du den gleichen Fehler wieder. Lässt zu, dass andere sich in Gefahr begeben. Für was? Ein paar heruntergekommene Läden?»

Sein Handy summte erneut. Das Lächeln kehrte zurück.

«Die ersten Brandsätze wurden gerade am Phoenix gesichtet. Tut mir leid - solche Dinge passieren in dieser Gegend. Die Kriminalitätsrate ist erschreckend hoch.»

Jay machte einen Schritt nach vorn, aber Zain war schneller.

«Das werden Sie nicht tun», sagte er ruhig. Zu ruhig.

«Nein?» Reichert hob eine Augenbraue. «Und wer will mich aufhalten? Sie? Der verliebte Soldat? Oder Thomas, der Mann, der nicht einmal seine eigene Familie beschützen konnte?»

«Sie haben einen Fehler gemacht», sagte Zain und stand langsam auf. «Den gleichen wie vor zwanzig Jahren.»

«Und der wäre?»

«Sie unterschätzen, wozu Menschen fähig sind, wenn sie etwas zu verlieren haben.»

Kaum hatte Zain diese Worte ausgesprochen, geschah alles gleichzeitig. Die Fensterscheiben zerbarsten unter gezielten Schüssen von außen. Marcos Team hatte Position bezogen. Die Wachleute wirbelten herum, für einen Moment abgelenkt.

Jay nutzte diesen Moment.

Mit zwei schnellen Schritten war er bei Zain, zog ihn in Deckung hinter den massiven Schreibtisch. Weber ging gleichzeitig in die Offensive, entwaffnete den Mann an der Tür mit einer präzisen Bewegung.

Nur Reichert blieb völlig ruhig.

«Beeindruckend», sagte er und zog seine eigene Waffe. «Aber leider vorhersehbar. Thomas war schon immer ein Fan von... dramatischen Auftritten.»

«Es ist vorbei, Viktor», sagte Weber, seine Stimme hart. «Deine Leute am Phoenix sind bereits verhaftet. Die echten Polizisten haben das Gebäude umstellt.»

Ein Schatten huschte über Reicherts Gesicht.

«Die echten Polizisten? Du meinst die, die ich seit Jahren bezahle?»

«Nein.» Weber lächelte dünn. «Die, die seit Monaten gegen dich ermitteln. Die nur auf einen Beweis gewartet haben. Einen Beweis, den du uns gerade geliefert hast.»

Reichert erstarrte.

Zum ersten Mal flackerte echte Unsicherheit in seinen Augen.

«Das Band läuft seit einer Stunde», fügte Zain hinzu. Seine Stimme zitterte leicht, aber er hielt Reicherts Blick stand. «Jedes Wort. Jede Drohung.»

«Unmöglich. Wir haben euch auf Sender überprüft.»

«Ja.» Jay richtete sich langsam auf, die Waffe fest auf Reichert gerichtet. «Die offensichtlichen. Aber Sie haben einen übersehen. Den, den Zain die ganze Zeit an seiner Uhr trug. Ein Geschenk von Weber.»

«Du warst so überzeugt von deiner eigenen Genialität», sagte Weber leise. «So sicher, dass du uns durchschaut hättest. Genau wie damals.» Er trat näher. «Aber diesmal habe ich aus meinen Fehlern gelernt.»

Reichert lachte plötzlich, ein kaltes, hartes Lachen. «Oh Thomas. Du verstehst es immer noch nicht.» Seine Hand mit der Waffe blieb ruhig. «Es spielt keine Rolle, ob ihr Beweise habt. Ich habe überall meine Leute. In einem Jahr bin ich wieder draußen, und dann...»

«Nein», unterbrach Weber ihn. «Nicht diesmal. Diesmal gibt es keinen Ausweg.»

Sirenen heulten in der Ferne. Reicherts Blick flackerte zum Fenster.

«Du hast Recht», sagte er nach einem Moment. «Es gibt keinen Ausweg. Nicht für mich.» Ein seltsames Lächeln erschien auf seinem Gesicht. «Aber auch nicht für euch.»

Seine Hand bewegte sich blitzschnell.

Nicht zu seiner Waffe. Zu einem kleinen Gerät an seinem Gürtel.

«RUNTER!», brüllte Weber.

Jay warf sich über Zain, als der erste Schuss fiel.

Der Schuss hallte von den Wänden wider. Zain spürte Jays Gewicht auf sich, seinen beschleunigten Atem. Durch den Qualm sah er Weber, der seine Waffe noch immer auf Reichert gerichtet hielt.

Reichert stand am Fenster, Blut sickerte durch sein teures Jackett. Seine Hand umklammerte noch immer das kleine Gerät.

«Lass es fallen», befahl Weber.

«Weißt du noch», Reicherts Stimme war überraschend klar, «was du zu mir sagtest, bevor Sophie starb? ‚Es gibt Dinge, die wichtiger sind als Macht.' Ich habe lange darüber nachgedacht.»

«Viktor… »

«Zwanzig Jahre, Thomas. Zwanzig Jahre habe ich darauf gewartet, dir zu zeigen, wie falsch du lagst.» Er lächelte, während das Blut zwischen seinen Fingern hindurchsickerte. «Macht ist das Einzige, was am Ende zählt. Die Macht, zu zerstören, was anderen wichtig ist.»

Seine Finger bewegten sich zum Auslöser des Geräts.

«Das ist ein Detonator», keuchte Jay. «Das ganze Gebäude… »

«Nicht nur dieses.» Reicherts Lächeln wurde breiter. «Das Phoenix. Die Weinhandlung. All die kleinen Läden, die ihr so verzweifelt beschützen wolltet. Überall sind Sprengsätze. Ein letztes… Feuerwerk.»

Zain spürte, wie Jay sich versteifte.

«Die anderen sind längst raus», sagte er schnell. «Marco hat… »

«Sicher?» Reicherts Finger schwebte über dem Auslöser. «Bist du dir ganz sicher, dass sie alle rechtzeitig raus sind? Dass nicht vielleicht doch jemand… »

Weber schoss.

Diesmal traf er Reicherts Hand.

Das Gerät fiel zu Boden, schlitterte über das Parkett. Blut tropfte auf den teuren Teppich.

«Es ist vorbei», sagte Weber leise. «Lass es endlich gut sein.»

Reichert lehnte sich gegen das zerborstene Fenster. Der Wind zerrte an seinem Jackett, ließ die grauen Haare tanzen. Für einen Moment sah er aus wie der Soldat, der er einmal gewesen war.

«Weißt du, was der Unterschied zwischen uns ist, Thomas?» Blut lief über sein Kinn, aber er lächelte noch immer. «Du konntest nie loslassen. Deine Prinzipien. Deine Moral. Deine... » Er hustete. «Deine verdammte Menschlichkeit.»

«Nein», sagte Weber. «Der Unterschied ist: Ich habe aus meinen Fehlern gelernt. Du hast sie zu deiner Religion gemacht.»

Sirenen kamen näher. Stimmen im Treppenhaus.

«Sie werden dich nicht lebend kriegen», sagte Reichert plötzlich.

Nicht zu Weber. Zu sich selbst.

Dann, bevor jemand reagieren konnte, machte er einen Schritt rückwärts. Durch das zerborstene Fenster. In die Leere.

«NEIN!», schrie Weber.

Zu spät.

Stille senkte sich über den Raum, nur unterbrochen vom Wind, der durch die zerborstenen Scheiben pfiff.

Jay half Zain auf die Füße, zog ihn in seine Arme. Sie standen da, hielten sich fest, während um sie herum das SEK den Raum stürmte.

Weber kniete neben dem Detonator, seine Hände zitterten leicht, als er ihn entschärfte.

«Es ist vorbei», sagte er schließlich. «Wirklich vorbei.»

Zain schmiegte sich enger an Jay. «Lass uns nach Hause gehen.»

«Nach Hause», wiederholte Jay leise und küsste Zains Schläfe. «Ja. Lass uns nach Hause gehen.»

Draußen heulten die Sirenen, Polizisten sicherten den Bereich. Das normale Leben würde zurückkehren, irgendwann.

Aber für den Moment standen sie einfach da, hielten sich fest und atmeten.

Sie hatten überlebt. Sie waren zusammen.

Das war genug.

Aufräumarbeiten

«Und dann hat er das Gerät fallen lassen?», fragte der Kommissar zum dritten Mal. Der kleine Verhörraum im Polizeipräsidium roch nach kaltem Kaffee und stundenlangen Befragungen.

«Nein», sagte Zain müde. «Weber hat ihm in die Hand geschossen. Dann ist das Gerät gefallen.»

Er rieb sich über die Augen. Seit vier Stunden gab er nun schon seine Aussage. Durch das Fenster konnte er sehen, wie die Dämmerung einsetzte. Jay war in einem anderen Raum, gab seine eigene Version der Ereignisse zu Protokoll.

«Und Sie sind sicher, dass Reichert die Sprengladungen erwähnt hat? Alle Standorte?»

«Ja. Das Phoenix, Miras Weinhandlung…» Zain stockte. «Wurden sie alle gefunden?»

Der Kommissar nickte.

«Die Spurensicherung arbeitet noch, aber die Hauptladungen sind entschärft. Professionelle Arbeit. Militärische Präzision.»

«Wie Reichert selbst», murmelte Zain.

Ein Klopfen an der Tür unterbrach sie. Weber trat ein, jetzt wieder in voller Uniform.

«Das reicht für heute», sagte er zum Kommissar. «Herr Malik hat seine Aussage gemacht. Den Rest können Sie morgen klären.»

Der Kommissar wollte protestieren, aber etwas in Webers Haltung ließ ihn verstummen.

Draußen wartete Jay, angelehnt an die Wand neben der Tür. Seine Augen fanden sofort Zains, suchten nach Verletzungen oder Zeichen von Erschöpfung.

«Alles okay?», fragte er leise.

Zain nickte.

Die simple Frage brachte ihn fast zum Weinen. Die Anspannung der letzten Tage, die Angst, die Erleichterung - alles drohte plötzlich überzuschwappen.

Jay schien es zu spüren. Ohne zu zögern zog er Zain in seine Arme, ignorierte die vorbeieilenden Polizisten und Webers präsente Gestalt.

«Die anderen sind im Phoenix», sagte Weber nach einem Moment. «Sara hat allen Drinks ausgegeben. Auf Kosten des Hauses.»

Zain lachte schwach gegen Jays Schulter. «Typisch Sara.»

«Sie sollten hingehen.» Weber sah zwischen ihnen hin und her. «Die Leute brauchen das jetzt. Einen Moment der Normalität.»

«Und Sie?», fragte Jay.

«Ich muss noch einige Dinge klären. Reicherts Netzwerk... es wird Wochen dauern, alles aufzuarbeiten.» Er holte tief Luft. «Aber das ist nicht mehr Ihre Sorge. Sie haben genug getan.»

Sie verließen das Präsidium gemeinsam. Draußen wartete Marcos Wagen.

«Ich fahr euch», sagte er grinsend. «Ihr seht aus, als könntet ihr einen Drink vertragen. Oder zehn.»

Die Fahrt zum Phoenix verlief schweigend. Jay hielt Zains Hand, sein Daumen strich sanft über die Knöchel. So viele unausgesprochene Worte zwischen ihnen, so viel zu verarbeiten.

Vor der Bar wartete bereits eine kleine Menge. Sara stand in der Tür, die blauen Haare wild zerzaust, Tränenspuren auf den Wangen. Als sie Zain sah, stürzte sie los, warf sich in seine Arme.

«Du verdammter Idiot», schluchzte sie. «Was hast du dir dabei gedacht?»

«Tut mir leid?»

«Das sollte es auch!» Sie boxte ihn in die Schulter, dann umarmte sie ihn wieder. «Mach sowas nie wieder, hörst du? Nie wieder!»

Die anderen kamen dazu - Mira, Kemal, all die Geschäftsinhaber, die sich geweigert hatten aufzugeben. Sie sahen müde aus, erschöpft, aber in ihren Augen lag etwas Neues.

Stolz. Erleichterung. Hoffnung.

«Kommt rein», sagte Sara und wischte sich über die Augen. «Die erste Runde geht aufs Haus.»

Jay legte einen Arm um seine Taille, als sie die Bar betraten. Der vertraute Geruch nach Holz und Alkohol umfing sie, vermischte sich mit dem Stimmengewirr der Menschen, die hier Zuflucht gefunden hatten.

Sie hatten überlebt. Sie waren frei.

Der Rest... der Rest würde sich finden.

Es war weit nach Mitternacht, als sie endlich in Zains Wohnung ankamen. Die anderen feierten noch in der Bar, aber sie hatten sich stillschweigend zurückgezogen, beide erschöpft von

den endlosen Fragen und dem Adre-
nalinabfall.

«Dusche?», fragte Zain und zog sein
zerknittertes Hemd aus.

«Später.» Jay zog ihn stattdessen zum
Bett, ließ sich mit ihm darauf fallen.
«Komm erstmal her.»

Sie lagen da, eng umschlungen, während durch das gekippte Fenster
gedämpfte Musik und Gelächter von
unten drangen. Normale Geräusche.
Friedliche Geräusche.

«Woran denkst du?», fragte Jay nach
einer Weile.

«An Reichert.» Zain drehte sich in Jays
Armen, bis er ihn ansehen konnte. «An
seinen Blick, bevor er... bevor er
sprang. Als hätte er gewonnen.»

«Hat er aber nicht.»

«Nein?» Zain setzte sich auf. «Er hat
Webers Familie getötet. Hat jahrelang
Menschen terrorisiert. Und am Ende...
am Ende ist er einfach gegangen.»

Jay schwieg einen Moment. «Weißt du, was der Unterschied ist zwischen ihm und uns?»

«Was?»

«Er ist allein gestorben. Wir… » Jay griff nach Zains Hand. «Wir haben einander. Die anderen. Eine Zukunft.»

«Eine Zukunft.» Zain lächelte schwach. «Mit dir in der Basis, vier Stunden entfernt?»

«Drei mit dem Auto», korrigierte Jay automatisch. Dann wurde er ernst. «Aber ja, das müssen wir besprechen.»

«Müssen wir das? Jetzt?»

«Besser als es aufzuschieben.» Jay setzte sich ebenfalls auf. «Ich muss übermorgen zurück. Und vorher… vorher sollten wir wissen, wo wir stehen.»

Zain nickte langsam.

«Okay. Also… wo stehen wir?»

«Ich liebe dich.» Jay sagte es einfach, direkt. «Das ist der Teil, bei dem ich mir sicher bin.»

«Aber?»

«Aber mein Leben ist kompliziert. Die Einsätze, die Geheimhaltung... » Er holte tief Luft. «Wenn wir das versuchen, musst du damit leben können.»

«Muss ich auch damit leben, dein schmutziges kleines Geheimnis zu sein?»

«Nein.» Jays Stimme war fest. «Ich werde es ihnen sagen. Der Einheit. Weber weiß es ja schon, und Marco... nun ja.»

«Und die anderen?»

«Werden damit klarkommen müssen.» Jay zog Zain näher. «Ich bin durch die Hölle gegangen, um dich zu finden. Ich werde dich nicht verstecken.»

Zain spürte, wie sich etwas in seiner Brust löste.

Eine Spannung, von der er gar nicht gewusst hatte, dass sie da war.

«Okay», sagte er leise. «Okay. Dann... dann versuchen wir es? Trotz der Entfernung? Trotz allem?»

«Ja.» Jay küsste ihn sanft. «Außerdem…
Berlin ist ein guter Ort für ein Restaurant, oder?»

Zain erstarrte. «Was meinst du?»

«Weber hat mir einen Job angeboten. Ausbilder in der Berliner Dienststelle. Weniger Einsätze, mehr… » Er lächelte. «Mehr Zeit für einen gewissen Gastronomen.»

«Jay… » Zain starrte ihn an. «Das kannst du nicht… deine Karriere… »

«Ist mir weniger wichtig als du.» Jay strich ihm eine Locke aus der Stirn. «Außerdem ist es eine Beförderung. Mehr Verantwortung, bessere Bezahlung. Und… » Er grinste. «Ein sehr attraktiver Standortvorteil.»

Zain küsste ihn. Hart, verzweifelt, voller Hoffnung.

«Ist das ein Ja?», murmelte Jay gegen seine Lippen.

«Das ist ein ‚Ich liebe dich, du Idiot'»,
flüsterte Zain zurück.

Am nächsten Morgen füllte sich das Phoenix schon früh. Die Geschäftsinhaber kamen einer nach dem anderen, mit Kaffee und Gebäck bewaffnet. Es fühlte sich an wie ein improvisiertes Nachbarschaftstreffen – wenn man die schwer bewaffneten Männer vor der Tür ignorierte, die immer noch das Gebäude sicherten.

«Die Versicherung hat sich gemeldet», verkündete Mira und wedelte mit einem Stapel Papiere. Ihre Augen waren gerötet, aber sie lächelte. «Sie übernehmen alles. Sobald Reicherts kriminelle Aktivitäten offiziell dokumentiert sind, werden alle Schäden reguliert.»

«Das gilt für alle betroffenen Geschäfte», fügte Weber hinzu. Er stand am Fenster, die Uniform makellos wie immer, aber etwas entspannter in seiner Haltung. «Die Staatsanwaltschaft behandelt den Fall mit höchster Priorität.»

Kemal hob seine Kaffeetasse.

«Auf das Ende eines Albtraums.»

«Und den Anfang von etwas Neuem», ergänzte Sara. Sie zwinkerte Zain zu, der an der Bar lehnte, Jays Hand fest in seiner.

«Apropos neu.» Mira räusperte sich. «Ich habe nachgedacht. Die Weinhandlung… sie war immer etwas altmodisch. Vielleicht ist es Zeit für ein Update. Das Viertel braucht mehr Leben. Mehr… » Sie suchte nach dem richtigen Wort.

«Zusammenhalt», schlug Jay vor.

«Genau.» Mira nickte. «Was Reichert nie verstanden hat – er konnte Gebäude kaufen, aber nicht das, was sie ausmacht. Die Menschen. Die Verbindungen.»

Weber trat vor.

«Ich muss los», sagte er. «Berlin braucht mich nicht mehr.»

«Sie könnten bleiben», sagte Sara. «Zum Essen. Zain kocht.»

«Nein.» Weber schüttelte den Kopf. «Es wird Zeit, dass ich… dass ich nach Hause fahre. Sophie und Maria besuche.» Er holte tief Luft. «Zeit, richtig Abschied zu nehmen.»

Jay trat zu ihm. «Sir…»

«Nein.» Weber hob die Hand. «Keine Förmlichkeiten mehr. Sie haben gute Arbeit geleistet, Jespersen. Sie beide.» Sein Blick glitt zu Zain. «Passen Sie auf ihn auf, ja? Er ist einer der Besten.»

«Das weiß ich», sagte Zain leise.

Weber nickte ihnen ein letztes Mal zu, dann war er weg. Die Tür fiel leise hinter ihm ins Schloss.

«Also», sagte Kemal nach einem Moment. «Wer hilft mir morgen beim Streichen? Diese Einschusslöcher in der Wand sind nicht gerade geschäftsfördernd.»

«Ich», sagten mehrere Stimmen gleichzeitig.

«Wir alle», korrigierte Mira. «Das ist jetzt unsere Straße. Wirklich unsere.»

Jay zog Zain näher an sich. «Hörst du das?», murmelte er.

«Was?»

«Den Sound von Menschen, die nach Hause kommen.»

Zain lehnte sich an ihn und beobachtete, wie seine Freunde – seine Familie – Pläne schmiedeten, lachten, lebten. Reicherts Schatten verblasste mit jedem Moment ein bisschen mehr.

«Ja», flüsterte er. «Den höre ich.»

Eine Woche später stand Jay in Uniform vor dem Phoenix. Sein Rucksack lag im Kofferraum, die Papiere für seine Versetzung nach Berlin in der Tasche.

Noch ein letzter Einsatz mit seinem alten Team, dann würde er zurückkommen.

Für immer.

«Du siehst heiß aus in Uniform», sagte Zain und trat zu ihm nach draußen. Die Morgensonne ließ seine Augen golden leuchten. «Fast zu schade, dass du bald hauptsächlich Bürokleidung tragen wirst.»

«Die Uniform behalte ich», murmelte Jay und zog ihn näher. «Für… besondere Anlässe.»

Zain lachte leise.

«Ich werde die nächsten drei Wochen damit verbringen, das Restaurant zu renovieren. Wenn du zurückkommst… »

«Wenn ich zurückkomme, hilfst du mir, eine Wohnung zu finden.»

«Oder… » Zain zögerte. «Oder du ziehst hier ein. Die Wohnung ist groß genug für zwei.»

Jay erstarrte.

«Ist das… bist du sicher?»

«Nein.» Zain grinste. «Aber das macht es interessant, oder?»

Statt einer Antwort küsste Jay ihn. Mitten auf der Straße, in voller Uniform. Ein paar Passanten blieben stehen, aber das war ihm egal.

«Drei Wochen», sagte er schließlich. «Dann bin ich zurück.»

«Ich werde hier sein.» Zain strich über Jays Uniform. «Mit einer Überraschung.»

«Was für eine Überraschung?»

«Das Restaurant… ich habe einen Namen dafür gefunden.»

Jay hob eine Augenbraue. «Und?»

«‚Leopard & Wolf‘.» Zain lächelte schüchtern. «Leopard stand als Name sowieso schon auf dem Plan, weil der persische Leopard ein wahrhaft königliches Tier und damit auch die Verbindung zu der ehemaligen Heimat meiner Eltern ist. Und ‚Wolf‘ war dein Codename im Einsatz, oder? Marco hat's mir erzählt.»

Jay spürte, wie sich seine Kehle zuschnürte. «Zain… »

«Zu kitschig?»

«Perfekt.» Jay küsste ihn noch einmal. «Wie du.»

Ein Hupen unterbrach sie. Marco saß am Steuer des Dienstwagens, ein breites Grinsen im Gesicht.

«Komm schon, Romeo! Die Basis wartet!»

Jay seufzte.

«Ich muss… »

«Ich weiß.» Zain trat einen Schritt zurück. «Geh. Sei vorsichtig. Und Jay?»

«Ja?»

«Ich liebe dich.»

Die Worte waren so einfach, so selbstverständlich. Als hätten sie nie etwas anderes getan, als sich zu lieben.

«Ich liebe dich auch», sagte Jay. «Mehr als du ahnst.»

Er stieg in den Wagen, sein Blick nie von Zain weichend. Als sie losfuhren, stand Zain noch immer vor der Bar, eine Hand erhoben zum Abschied.

«Mann», sagte Marco grinsend, «ihr seid echt das kitschigste Paar, das ich je gesehen habe.»

«Halt die Klappe und fahr», brummte Jay, aber er lächelte dabei.

Drei Wochen. Dann würde er zurückkommen. Zu Zain. Zu ihrem gemeinsamen Leben.

Der Gedanke fühlte sich an wie ein Versprechen. Wie Heimat.

Wie Liebe.

Leopard & Wolf

«Das hängt schief», sagte Zain und starrte auf das große Schild über dem Eingang.

«Tut es nicht.» Sara stellte sich neben ihn auf den Bürgersteig. «Du bist schief. Vor Nervosität.»

Das neue Logo - ein stilisierter Leopard, der sich mit einem Wolf zu einer eleganten Silhouette verband - glänzte im Morgenlicht. Die letzten drei Wochen waren eine Mischung aus Renovierungsarbeiten, Behördengängen und endlosen Vorbereitungen gewesen.

«Er kommt erst heute Abend», sagte Sara sanft. «Du hast noch acht Stunden, um dich in den Wahnsinn zu treiben.»

Zain schnaubte.

«Ich treibe mich nicht in den Wahnsinn.»

«Nein? Du hast die Weingläser dreimal umgeräumt.»

«Die Akustik im hinteren Bereich ist…»

«Perfekt. Wie die Beleuchtung, die Tischanordnung und die verdammten Stoffservietten, die du seit einer Stunde faltest.»

Sie hatte Recht, natürlich. Aber die Nervosität hatte weniger mit dem Restaurant zu tun als mit der Tatsache, dass in wenigen Stunden ein bestimmter Soldat nach Hause kommen würde. Nach Hause - zu ihm.

Der Gedanke ließ sein Herz schneller schlagen.

«Komm.» Sara zog ihn zurück ins Restaurant. «Lass uns die Küche checken.»

Das Innere des Lokals war kaum wiederzuerkennen. Warme Kupfertöne an den Wänden, dunkles Holz, geschmackvolle orientalische Akzente.

Die offene Küche glänzte vor Sauberkeit, bereit für den ersten Service.

Mira steckte den Kopf zur Tür herein. Ihre neue Kurzhaarfrisur stand in alle Richtungen ab. «Die erste Weinlieferung ist da. Und Kemal fragt, ob er die zusätzlichen Tische für draußen vorbeibringen soll.»

Die gesamte Straße hatte sich in den letzten Wochen verändert. Wo früher heruntergekommene Läden waren, entstanden neue Geschäfte.

Miras Weinhandlung war jetzt eine stylische Weinbar, die perfekt zum gehobenen Ambiente des «Leopard & Wolf» passte.

«Wann kommt eigentlich Marco?», fragte Sara beiläufig. Zu beiläufig.

Zain grinste. «Gegen sechs. Mit Jay.»

«Oh.» Sara wurde rot. «Interessiert mich ja nicht, aber… »

«Natürlich nicht.» Er zwinkerte ihr zu. «Deswegen hast du auch nur dreimal nach ihm gefragt. Heute.»

«Halt die Klappe und check die Küche.»

Die Küche. Sein Reich. Zain atmete tief durch, als er die blank polierten Arbeitsflächen betrachtete. Hier würde er Träume erschaffen, Geschichten erzählen, Traditionen neu interpretieren.

Sein Handy vibrierte.

«Noch 7 Stunden und 23 Minuten. Nicht dass ich zähle… - J»

Zain lächelte.

Die Sonne stand bereits tief, als Zain das letzte Mal durch das Restaurant ging. Alles war perfekt vorbereitet.

Das Klingeln der Eingangstür ließ ihn herumfahren.

«Geschlossen», rief er automatisch. «Die Eröffnung ist erst… »

Die Worte blieben ihm im Hals stecken. Jay stand im Eingang, noch in Uniform, eine Reisetasche über der Schulter. Hinter ihm Weber, in Zivil und mit einem entspannteren Gesichtsausdruck, als Zain je bei ihm gesehen hatte.

«Überraschung», sagte Jay leise.

Zain brauchte zwei Schritte, dann war er in Jays Armen. Der vertraute Geruch nach Jays Aftershave vermischte sich mit dem von frisch gewaschener Uniform.

«Du bist früh», murmelte er gegen Jays Hals.

«Konnte nicht länger warten.»

Weber räusperte sich diskret. «Ich schaue mich mal um, wenn Sie erlauben.»

Zain löste sich widerwillig von Jay. «Natürlich. Sara müsste in der Küche sein, sie kann… »

«Ich finde mich zurecht.» Weber lächelte leicht. «Sie beide haben sicher… einiges zu besprechen.»

Als er in Richtung Küche verschwunden war, zog Jay Zain wieder an sich.

«Ich hab dich vermisst», flüsterte er. «So sehr.»

«Ich dich auch.» Zain strich über die Uniform. «Wie lange kannst du sie noch tragen?»

«Die Uniform? Die gehört zu meinem Job als Ausbilder. Auch wenn ich sie seltener brauchen werde.» Jay grinste. «Enttäuscht?»

«Ganz im Gegenteil.»

Sie küssten sich, langsam und ausgiebig, als müssten sie die drei Wochen Trennung in einem Moment aufholen.

«Wie war der letzte Einsatz?», fragte Zain schließlich.

«Gut. Erfolgreich.» Jay strich ihm eine Locke aus der Stirn. «Aber das Beste war der Moment, als ich meine Versetzung unterschrieben habe. Ab morgen bin ich offiziell hier stationiert.»

«Morgen schon?»

«Mhm.» Jay sah sich um. «Das Restaurant sieht unglaublich aus. Fast so gut wie der Koch.»

Zain errötete leicht. «Warte, bis du die Küche siehst. Und… » Er stockte. «Das Schlafzimmer. Ich hab ein größeres Bett gekauft.»

«Ein größeres Bett?» Jay zog ihn näher. «Für was?»

«Für einen Soldaten mit beeindruckender Statur, der ab heute hier wohnt.»

«Ah.» Jays Lippen streiften Zains Ohr. «Und dieser Soldat... hat er spezielle Wünsche?»

Zain grinste. «Das hat er mir noch nicht verraten.»

Weber tauchte hinter ihnen auf, ein seltenes Lächeln im Gesicht. «Die Küche ist beeindruckend», sagte er.

«Der ganze Laden ist es. Sie können stolz sein.»

«Danke.» Zain löste sich von Jay, wenn auch widerwillig. «Bleiben Sie zur Eröffnung?»

Weber nickte. «Deswegen bin ich hier. Das und... » Er holte etwas aus seiner Tasche. Ein gerahmtes Foto. «Ein Einweihungsgeschenk. Wenn Sie erlauben.»

Das Bild zeigte eine junge Familie vor einem Restaurant. Ein kleines Mädchen auf den Schultern eines lachenden Mannes, eine Frau, die in die Kamera winkte.

«Sophie liebte diesen Ort», sagte Weber leise. «Maria - meine Frau - auch. Es war ihre Art von Lokal. Warm. Einladend. Ein Ort, an dem Menschen zusammenkommen.»

Zain nahm das Foto vorsichtig. «Wir werden einen besonderen Platz dafür finden.»

«Das... » Weber räusperte sich. «Das würde mich freuen.»

Jay legte einen Arm um Zains Taille, während sie zusahen, wie Weber das Restaurant inspizierte, mit Sara über die Weinauswahl diskutierte, sogar einmal leise lachte.

«Er sieht gelassener aus, nicht mehr so nervös. Als wäre er angekommen», murmelte Zain.

«Er war am Grab», sagte Jay leise. «Zum ersten Mal seit zwanzig Jahren.

Hat Abschied genommen. Richtig diesmal.»

Die Eröffnungsfeier war in vollem Gange.

Das Restaurant war bis auf den letzten Platz gefüllt, die Stimmung ausgelassen. Miras Weine flossen großzügig, während aus der Küche ein Duft nach persischen Gewürzen strömte, der die Gäste verzauberte.

Zain stand da und dirigierte sein Küchenteam mit ruhiger Autorität.

«Tisch 7!», rief er und reichte zwei perfekt angerichtete Teller weiter.

Jay, der seine Uniform gegen einen eleganten schwarzen Anzug getauscht hatte, lehnte am Eingang zur Küche und beobachtete ihn mit einem warmen Lächeln.

«Du siehst glücklich aus», sagte er, als Zain einen Moment durchatmen konnte.

«Bin ich auch.» Zain trat zu ihm. «Wie läuft's draußen?»

«Überraschungsgast an Tisch 12», grinste Jay. «Rate mal, wer Marco gerade seine Handynummer gibt?»

«Sara?» Zain spähte in den Gastraum, wo seine ehemalige Chefin tatsächlich verlegen mit Marco plauderte.

«Die beiden waren die ganze Zeit am Flirten», schmunzelte Jay. «Während wir mit Reichert kämpften.»

«Apropos kämpfen... » Zain senkte die Stimme. «Wie haben deine Kollegen reagiert? Auf uns?»

Jay zog ihn näher.

«Überraschend gut. Marco hat eine Wette gewonnen - sie hatten seit Monaten darauf gewettet, wann ich endlich jemanden kennenlerne. Die meisten von ihnen hatten schon lange vermutet, dass es keine Frau sein wird. Mein Geheimnis war also keines, sie haben nur darauf gewartet, dass ich es endlich zugebe. Mich sogar absichtlich herausgefordert mit dummen Sprüchen und ich habe es nicht einmal gemerkt.»

Er grinste.

«Und die neue Stelle?»

«Perfekt.» Jay strich über Zains Rücken. «Drei Tage die Woche Training mit den Rekruten, zwei Tage Büro. Keine spontanen Einsätze mehr. Keine wochenlangen Abwesenheiten.»

«Klingt langweilig für einen Elitesoldaten.»

«Im Gegenteil.» Jay küsste seine Schläfe. «Klingt nach genau dem Leben, das ich will. Mit dir.»

Ein Räuspern unterbrach sie. Weber stand da, zwei Weingläser in der Hand.

«Meine Herren», sagte er. «Wenn Sie einen Moment haben? Ich würde gerne einen Toast aussprechen.»

Sie folgten ihm in den Gastraum. Die anderen Gäste bemerkten die kleine Bewegung, wurden still.

«Auf das Leopard & Wolf», begann Weber. «Einen Ort, der aus den Trümmern der Vergangenheit entstanden ist. Einen Ort der Begegnung, der Hoffnung… » Er sah zu Jay und Zain. «Und der Liebe.»

«Der Liebe!», echoten die Gäste.

Kemal erhob sich. «Und auf unsere Straße! Die endlich wieder uns gehört!»

«Auf die Straße!»

Mira stand auf. «Auf neue Anfänge!»

«Neue Anfänge!»

Zain spürte Jays Hand in seiner, warm und fest. Um sie herum ihre Freunde, ihre Familie. Der Ort, an dem sie hingehörten.

«Tisch 9!», rief jemand aus der Küche.

«Die Arbeit ruft», murmelte Zain.

Jay küsste ihn kurz. «Geh. Zeig ihnen, was ein Sternekoch kann.»

«Ich bin kein Sternekoch.»

«Noch nicht.» Jay zwinkerte. «Aber ich habe da so ein Gefühl… »

Zain eilte zurück in die Küche, das Lachen und die Gespräche der Gäste eine perfekte Begleitmusik zu dieser Nacht der Anfänge.

Lange nach Mitternacht, als der letzte Gast gegangen war, standen Jay und Zain auf der kleinen Dachterrasse über dem Restaurant. Die Lichter Berlins glitzerten unter ihnen wie gefallene Sterne.

«Müde?», fragte Jay und zog Zain an sich.

«Erschöpft.» Zain lehnte sich zurück gegen Jays Brust. «Aber auf die beste Art.»

Unter ihnen räumte das Team die letzten Spuren der Eröffnungsfeier weg. Sara und Marco waren noch da, saßen an der Bar und redeten leise.

«Es ist wirklich vorbei, oder?», fragte Zain leise. «Die Sache mit Reichert, die Angst... »

«Ja.» Jay küsste seinen Nacken. «Jetzt kommen die guten Zeiten.»

«Die normalen Zeiten.»

«Ist das schlimm?»

Zain drehte sich in Jays Armen um. «Nein. Normal klingt perfekt.» Er strich über Jays Anzug. «Auch wenn ich die Uniform vermissen werde.»

«Die kommt oft genug zum Einsatz.» Jay grinste. «Dienstlich und… privat.»

«Versprochen?»

«Versprochen.»

Sie küssten sich unter dem Sternenhimmel, der Geschmack von Wein und Erfolg und Zukunft auf ihren Lippen.

«Weißt du noch», murmelte Jay, «unsere erste Begegnung? Als dieser Typ in der Bar Ärger machte?»

«Wie könnte ich das vergessen? Mein persönlicher Held in Schwarz.»

«Ich wollte dich küssen. Schon damals.»

«Warum hast du nicht?»

«Weil ich Angst hatte.» Jay strich über Zains Wange. «Angst davor, was es bedeuten würde. Wer ich sein könnte, wenn ich mir erlaubte, dich zu lieben.»

«Und jetzt?»

«Jetzt weiß ich, wer ich bin. Wer wir sind.» Jay lächelte. «Ein Soldat und ein Restaurantbesitzer. Und ein Paar.»

«Klingt wie der Anfang einer Geschichte», sagte Zain.

«Nicht der Anfang.» Jay zog ihn näher. «Die Mitte. Der beste Teil.»

Von unten drang Saras Lachen herauf, vermischt mit Marcos tieferer Stimme. Der Duft von Safran und Kardamom schwebte durch die Nachtluft. Irgendwo in der Ferne heulte eine Sirene - Berlin, ihre Stadt, schlief nie.

«Ich liebe dich», sagte Zain einfach.

Jay küsste ihn als Antwort, tief und innig, ein Versprechen in der Nacht.

«Ich liebe dich auch.»